로타리에서 만나요

서창우

여백

로타리에서 만나요

로타리는 오케스트라라고 하겠습니다. 나이를 따질 것도, 남녀를 구분할 것도 없이 다양한 분야의 사람들이 모여 세상을 아름답게 만드는 일을 하니까 말입니다.

한마디로 로타리클럽이 하는 봉사는, 혼자 하지 못할 일을 여러 사람이 힘을 합쳐서 해내는 데 있습니다. 한 사람 한 사람이 하는 자선과 봉사도 아름답지만, 혼자의 힘으로 할 수 없는 일을 여럿이 힘을 합쳐서 오랜 기간 꾸준히 지속함으로써 더 아름답고 더 위대한 기적을 이루게 됩니다.

이 책은 제가 국제로타리 서울(3650)지구 총재로 일하고 봉사할 때의 말과 글, 그리고 추억과 같은 조각글들을 모아 정리한 것입니다. 여기다가 제가 참여하고 있는 스페셜올림픽 이야기도 함께 실었습니다. 이 글을 통해 평소 잘 모르던 발달장애인들의 세계를 이해하는 기회가 된다면 좋겠습니다.

코로나19라는 긴 터널을 지나오는 데 어려움이 많았습니다. 또 저의 임기가 팬데믹의 한가운데였기에 그 당시를 되돌아보는 감회가 남다르다고 하겠습니다. 총재로서 하고 싶었던 일들이 많았습니다. 로타리안이 되어 30년간 키워온 생각들, 또 우리나라에서 가장 오랜 역사를 지닌 서울지구의 위상을 높이기 위한 몇 가지 목표들을 세웠습니다.

그러나 저의 열정만으로는 코로나19의 긴 터널을 헤쳐나오는 데 부족함이 많았습니다.

이 책을 펴낼 무렵이 되니 비로소 제한적이나마 마스크를 벗게 되었습니다. 코로나 전파 이후로는 3년이 흘렀고, 마스크를 쓴 지 꼭 2년 4개월 만의 일입니다.

부족한 글이지만 이 책이 로타리안으로서 정체성이나 나아갈 방향을 설정하는 데 도움이 되었으면 합니다. 남들을 도와주고 싶은 분, 봉사를 해보고 싶은 분들의 이정표로 권하고 싶습니다. 또, 로타리에 입회하려고 하는 분들께는 로타리안으로 산다는 것이 한번뿐인 내 인생에 어떤 역할을 해주는 것인지를 이해하는 데 일조할 수 있다면 더없이 기쁜 일이겠습니다.

팬데믹의 긴 터널을 뚫고 나오느라 고생 많으셨던 2021-2022 팀 여러분께 다시 한번 감사드립니다. 우리가 힘을 모으면 무슨 일이든 해낼 수 있습니다. 우리는 한곳을 향해 걸어가는 동반자이자 영원한 친구이니까요.

2023년 봄

서 창 우

목 차

PART 3

나눈 것이 남는다

PART 4

내 인생의 숨은 1인치

Part 1

손잡고 함께
친구가 되어

영원한
친구

하루 앞도 내다보지 못하고 사는 게 우리 인생입니다. 흔히 "한 치 앞도 모른다"라는 말도 있지 않습니까. 존재조차 없던 코로나19 바이러스가 온 세상을 혼란에 빠트려 한 치 앞도 내다볼 수 없던 시기였죠. 2021년 7월, 제가 한국로타리 3650지구(서울)의 총재를 맡게 되었습니다.

이때는 마침 제가 로타리클럽에 입회한 지 꼭 30년이 되는 해였습니다. 남서울로타리클럽 회원이셨던 아버님 권유로 가입한 것이 어언 30년 전 일이었습니다.

맨 처음에는 로타리가 무엇인지, 왜 로타리 회원이 되어야 하는지 이유도 모른 채 들어갔고, 정말 세월이 강물처럼 흘렀습니다. 활시위를 떠난 화살처럼, 30년이란 시간이 쏜살같이 지나갔습니다.

어린애가 초등학교에 입학하듯이 아버지 손에 이끌려 아무도 아는 이 없는 클럽에 들어가게 되었던 것이 얼마 전 같은데, 무려 30년이 흘러 버린 것입니다. 파릇파릇했던 30대 청년이 이젠 머리가 희끗희끗한 60대 장년이 되어버렸죠.

그리고 3년 전 총재 지명을 받아 2021년 7월 1일 총재로 취임하게 되었습니다.

취임식을 앞두고 로타리 30년을 되새겨보았습니다. 나에게 로타리는 무엇인가? 로타리가 내 인생에 어떤 영향을 주었던가? 만약 내가 로타리안이 아니었더라면 지금의 나는 어떤 사람이 되었을까?

전 세계 로타리 회원들이 주회와 행사 때마다 다같이 낭독하며 다짐하는 '네 가지 표준(The Four-way Test)'이라는 모토가 있습니다.

우리가 생각하고 말하고 행동하는 데 있어서,

첫째, 진실한가?

둘째, 모두에게 공평한가?

셋째, 선의와 우정을 더하게 하는가?

넷째, 모두에게 유익한가?

한 사람의 인생 앞에 이처럼 간결하면서도 완벽한 윤리적 가치는 찾아보기 어렵습니다. 제 주위에는 '네 가지 표준'에 감동하여 로타리안이 되었다는 분들도 많습니다.

로타리의 근간은 우정과 봉사라고 할 수 있습니다. 회원들간의 교류와 협력으로 봉사의 이상을 실천하는 것이 로타리인 것이지요.

로타리는 저에게 큰 변화를 안겨주었습니다. 이 변화를 저는 이렇게 요약하곤 합니다. 저의 영혼과 육신을 주신 부모님이 제 인생의 어머니라면, 로타리는 제 인생의 아버지와 같다고 말씀드립니다. 로타리는 저를 봉사의 삶에 눈뜨게 했고, 보다 더 넓고 원숙한 삶으로 이끌어주었다는 것을 제가 느끼기 때문입니다.

한때 유명했던 한 전자회사의 텔레비전 광고가 있었습니다. 축구선수가 슛을 날렸는데 기존 화면에서는 골대 구석으로 들어가는 공이 보이지 않았는데, 새 텔레비전은 화면의 가로 비율을 더 늘렸기 때문에 골인 장면까지 완벽하게 다 보인다는 내용이었죠.

그리고 광고 끝부분에서 내레이터가 이렇게 말합니다. "보이지 않던 숨은 1인치를 찾았다."

보이지 않던 1인치까지 다 보이게 한다는 호소력 있는 카피로 이 텔레비전은 선풍적인 인기를 끌었던 적이 있습니다.

저는 로타리에서 제 인생의 "숨은 1인치"를 찾았다고 말하곤 합니다. 로타리 덕분에 제 인생에서 볼 수 없었던 1인치 찾을 수 있었고, 로타리를 통해 소중한 만남과 다양한 기회를 접하게 되면서 저는 성장할 수 있었습니다.

로타리가 아니었더라면 전혀 모르고 살았을 그늘진 세상, 로타리가 아니었더라면 알 수 없었을 더 넓은 세상, 새로운 세상을 만났습니다. 그래서 제 삶의 외연이 1인치 더 커지고 넓어졌다고 하는 것입니다.

저는 기회가 있을 때마다 주위의 친구나 후배, 청년들에게 로타리에 대해 이야기합니다. 마치 내가 아는 맛집이나 좋은 여행지를 혼자만 아는 게 아니라 여러 사람들에게 알려주고 싶은 마음과 같다고 할까요? 제가 경험한 것들, 제가 알게 된 소중한 가치를 주위에 널리 알려줄 의무가 있는 것입니다.

봉사하는 삶을 생각하고 있는 사람들, 장차 우리 사회의 주역이 될 미래세대들이 더 넓은 세상으로 나아가기를 원합니다.

로타리가 더 나은 세상을 만드는 데 기여하려면 이러한 분들이 회원으로 들어와야 합니다. 또 로타리가 이 세상을 푸르게 하는 나무라면 더 큰 나무로 자라야 하고, 로타리가 세상에 사랑의 씨앗을 퍼트리려 한다면 더욱더 건강해져야 합니다.

한국로타리는 1927년에 시작되었습니다. 이제 2027년이면 100주년을 맞게 됩니다. 1905년, 경제 대공황의 여파로 피폐해진 시기에 미국 시카고에서 창립된 로타리가 국제적 민간 봉사단체로 확대되면서 우리나라에도 뿌리를 내리게 되었던 것입니다.

저와 임기를 같이 한 국제로타리의 쉐이커 메타 회장은 "봉사로 삶의 변화를"이라는 연중 테마를 발표했습니다.

봉사는 다른 사람들의 삶만 변화시키는 것이 아니라, 나 자신의 삶도 변화시킨다는 사실을 잘 알고 있습니다. 봉사해보면 처음엔 내가 누구를 돕는다는 생각을 갖게 되는데, 가만히 돌이켜보면 봉사란 일방적으로 베푸는 행위가 아니라 오히려 그것을 통해 내가 얻는 게 더 많고 나 자신도 변화한다는 사실을 알게 됩니다. 꾸준히 봉사해온 분들은 이러한 경험들을 해보셨을 것입니다.

그렇습니다. 봉사는 주는 사람이나 받는 사람이나 모두를 변화하게 해줍니다. 그래서 봉사는 위대합니다.

특히 우리 로타리안들은 삶을 바꿀 수 있는 힘과 마법을 지닌 사람들입니다. 그러므로 로타리안들은 "우리들이 가진 힘과 마법으로" 좀 더 나은 세상을 만들 수 있다는 사실을 알아야 합니다. 로타리안들이 숨은 잠재력을 발휘할수록 사회가 더 따뜻해지고 우리 자신도 더 성숙한 인생을 살 수 있습니다.

작고하신 오재경(1919~2012) 전 RI이사님께서 큰 행사에 나오시면 "손에 손잡고"라는 서울올림픽 주제가 가사를 열정적으로 낭송하셨던 추억이 떠오릅니다. 코로나 암흑기, 지금이 바로 우리가 손에 손잡고 힘을 합쳐서 이 위기를 뛰어넘어야 할 때입니다. 코로나19의 위기, 정체의 끈을 끊고 3650지구의 자존감을 높이는 데 힘을 모아야 하겠습니다.

바르셀로나 올림픽 주제가였던 "아미고스 파라 씨엠쁘레", "영원한 친구"라는 노래에 이런 구절이 있습니다.

"우리가 함께하면 무언가 의미있는 일이 일어나죠… 인생의 친구는 한 계절만 만나는 사이가 아니랍니다. 영원한 친구, 영원한 친구를 말해요, 영원한 사랑을 의미해요."

로타리안은 인생길을 동반하는 영원한 친구라고 말합니다. 우리 영원한 친구들이 손에 손잡고 이 고난의 벽, 정체의 벽을 뛰어넘어야 하겠습니다. 우리가 힘을 합쳐 이룩한 기록들은 코로나 팬데믹이 끝난 뒤 3650지구의 역사와 함께 영원히 남을 것입니다.

(2021. 7. 1, 취임사 중에서)

취임식에서 지구 임원들과 함께한
'범 내려온다' 퍼포먼스.

취임식 후 저희 부부의 양가 부모님,
가족들과 함께.

하얏트호텔에서 열린 취임식.
코로나 방역지침에 따라 참석인원이
제한됐다.

임기를 같이 한 쉐이커 메타
국제로타리 회장 내외와 함께.

슈바이처와
빌 게이츠

　　　　　　　　　　　세상은 시대에 따라 바뀌기 마련입
니다. 이 가운데는 바뀐 사실조차 체감하지 못할 만큼 아주 서서히 변
화하는 것이 있고, 점진적으로 진화 발전하면서 바뀌는 분야가 있습니
다. 또는 이전과 달리 전혀 새로운 모습과 현상이 나타나기도 합니다.
의식과 생활, 유행도 그렇지만 어려운 이들을 돕는 기부에 대한 인식
과 방법 역시 변화하고 있지요. 인도주의를 바탕으로 봉사하는 로타리
에서도 이 변화를 실감할 수 있습니다.

로타리의 사회적 기여는 크게 현장봉사와 기부로 나눌 수 있습니다.
그런데 21세기의 기부 방식이 종전과 큰 차이가 나타나고 있습니다.
그것을 단순하게 슈바이처식과 빌 게이츠식으로 나누어 설명할 수 있
습니다.

즉, 전통적으로 해오던 대로 가난한 나라의 오지에 가서 직접 봉사하

는 슈바이처 방식이 있고, 자신이 살고 있는 도시에서 일하면서 정기적인 기부로 봉사를 실천하는 빌 게이츠 방식이 있는 것이지요. 그런데 근래에는 오지에서 직접 봉사하는 것보다 기부를 통한 봉사가 몇 배 이상의 효과를 거두고 있다는 통계가 발표되기도 했습니다.

영국의 '기브웰'에서 2017년 발표한 통계가 그것입니다. 예를 들어, 런던의 한 의사가 아프리카 오지에 가서 의료봉사를 하면 매년 4명씩 42년간 총 168명의 생명을 살릴 수 있는데, 이 의사가 연봉의 절반을 42년간 기부해 그 기부금으로 말라리아 모기에 물리지 않도록 모기장을 보급하면 3,400달러당 1명의 생명을 구할 수 있어서 42년간 총 679명의 생명을 살린다는 것이지요.

의사 연봉이 미화 약 11만 달러이므로 42년간 462만 달러를 버는데, 그 수입의 50%를 기부한다면 일생 동안 약 679명의 생명을 구한다는 결과가 나옵니다.

로타리안들은 개인의 "정기적인 기부"가 얼마나 위대한 결과를 만드는지 잘 알고 있습니다. 국제로타리가 1985년부터 지금까지 심혈을 기울이고 있는 소아마비 박멸사업이 대표적인 사례입니다.

선진국, 후진국 가릴 것 없이 전 세계 어린이들을 감염시켰던 소아마비 바이러스(Polio Virus) 퇴치를 위해 로타리가 팔을 걷어붙이고 나섰던 것입니다.

1979년, 필리핀 어린이 630만 명에게 예방접종 보조금을 지원한 것이 계기가 되어 국제로타리는 1986년 폴리오플러스 기금을 조성하기 시작했습니다. 여기에 빌&멜린더 게이츠 재단이 2007년부터 로타리의 기부금에 대한 매칭펀드로 12억 달러를 출연해주고 있습니다.

이후 로타리는 지난해까지 36년간 약 32억 달러를 투입해 소아마비 경구용 백신을 꾸준히 보급했고, 그 결과 이제는 2021년 기준 아프가니스탄과 파키스탄에서 단 2건의 사례가 발견되는 등 지구상에서 완전 퇴치를 눈앞에 두고 있습니다.

안타깝게도 2022년에는 3개국에서 감염자가 나왔고, 7월에는 미국 뉴욕시 인근 로클랜드 카운티에서 1명의 발병사례가 발표되어 비상사태가 선포되기도 했습니다. 그러나 이는 인구이동으로 인한 바이러스 유입으로 본다는 분석이 유력합니다.

하지만 국제로타리가 꾸준히 심혈을 기울인 결과 지구촌 한두 국가에서 완전 박멸을 향해 막바지 노력을 펼치고 있습니다. 이제 마지막 0.1퍼센트만 잡으면 세계적으로 소아마비 장애인은 더이상 발생하지 않게 되는 것입니다. 이것은 기적 같은 일입니다. 그리고 우리 로타리 회원 한분 한분이 이 기적의 한부분을 맡아주셨던 것입니다.

내가 기부한 폴 해리스 펠로우(PHF) 1,000달러가 소아마비라는 운명을 안고 살아야 할 한 명의 어린이를 구했다면 이게 얼마나 감동적인 일입니까? 이 일을 우리가 해냈고, 지금도 하고 있는 것입니다.

투자의 귀재라는 워런 버핏 회장이 자신의 엄청난 자산에 대해 이런 말을 했습니다. "이건 다시 사회에 돌려주어야 하는 재산 보관증"이라고 말입니다. 그리고 그 말 그대로 자산 대부분을 사회에 돌려주었습니다.

이처럼 기부는 효율성 높은 봉사로 인정받고 있습니다. 그러므로 우리가 슈바이처와 같은 봉사는 하지 못하더라도 빌 게이츠와 같이 기부를 함으로써 어려운 이웃들을 도울 수 있다는 게 21세기식 봉사 방식입니다.

우리나라를 대표하는 지성인 가운데 한 분이신 이어령 교수께서 작고하기 전에 이런 말씀을 남기셨습니다. "모든 게 다 내것인 줄 알았더니 받은 것 모두가 선물이었다"라는 말씀입니다. 내가 살아오면서 누렸던 업적, 명예, 부귀 모두가 내가 노력해서 얻은 것인 줄 알았는데, 다시 되돌아보니 그것들은 내가 누군가로부터 받은 선물이었더라는 솔직한 고백을 남기셨습니다.

로타리 회원으로서 정기적인 기부를 하고 있는 분들은 이 '선물'의 의미를 체험하신 분들입니다. 또 이분들은 그 '선물'을 다른 이들에게 나누는 일을 하고 있는 멋진 인생, 후회없는 인생의 주인공들입니다.

직접 봉사에 나서지 못한다 하더라도 기부하는 인생을 사는 것은 어떨까요?

누구에게나 인생은 단 한 번뿐입니다. 그런데 우리는 이 사실을 자주 잊어버린 채 살고 있습니다. 저 역시 마찬가지입니다. 그래서 우리는 가끔 후회하면서 삽니다. "그때 이걸 알았더라면 그렇게 살지는 않았을 텐데…" 하고 뒤늦은 후회를 하는 것이지요. 내가 로타리안으로 산다는 것은 그 같은 후회로부터 멀어지는 기회이자 인생의 보람과 행복을 찾는 일이 될 것입니다.

(2022. 4. 22, 고액기부자를 위한 모임에서)

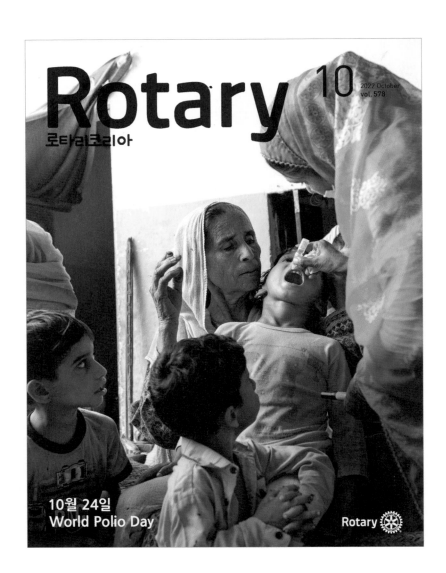

Rotary

10 2022 October
vol. 578

로타리코리아

10월 24일
World Polio Day

Rotary

소아마비 경구백신을 접종받는 파키스탄 어린이.
로타리가 소아마비 퇴치에 힘쓴 결과 99.9%를
박멸했다.
사진은 《로타리 코리아》 2022년 10월호 표지.

사랑의 온도탑은
식지 않는다

          코로나 발발 2년차, 세상이 꽁꽁 얼어붙었던 2022년 1월 신년인사회가 열렸습니다. 그간 사회적 거리두기에 따라 클럽 회장, 지구 임원 여러분들과 만날 기회가 없었는데 이날 월례회의를 겸한 신년인사 자리를 만들 수 있었습니다.

이날 저는 다소 무거운 마음이었지요. 왜냐하면 코로나 팬데믹으로 각 클럽들이 거의 활동을 하지 못하게 되자 여러 가지 문제점들이 나타났고, 특히 회원수가 심각하게 감소하고 있었던 것입니다.

그동안 우리는 회원증강 목표 500명을 향해서 달려왔는데, 지난해 12월 말 기준으로 지구 회원수가 오히려 73명이 감소하여 2,079명이었습니다. 마지노선이라고 할 수 있는 2천 명을 겨우 유지하고 있는 상태였지요.

어려운 여건 속에서도 2개 클럽이 창립되고 108명이 입회했는데, 결국 대규모 탈회 인원이 발생함으로써 마이너스 회원수를 기록하게 되었습니다. 구체적으로는, 기준에 미달되는 9개 클럽이 제적되는 바람에 187명이 감소했던 것입니다.

그러나 이런 상황에 낙심하지 말고 이를 이겨내려는 의지가 있어야 하겠습니다. 오늘보다 조금 더 나은 내일을 만들지 못한다면 클럽이 발전하지 못하고, 우리 3650지구 역시 침체에 빠지게 되는 것입니다. 도저히 오르지 못할 것 같은 8천 미터 히말라야 설산도 한 걸음 한 걸음 걷다 보면 더이상 오를 곳 없는 정상에 도달한다고 합니다.

신입회원을 한 명씩, 한 명씩 영입하다 보면 우리의 500명 순증목표는 절대 오르지 못할 높은 목표가 아닙니다. 로타리 정신을 몸소 실천하고 계신 로타리 지도자 여러분의 역할이 필요한 시기가 바로 지금입니다.

해마다 연말연시가 되면 서울시청 광장에 있는 "사랑의 온도탑"을 보셨을 것입니다. 그 온도탑을 보면서, "코로나 유행에다 중소상공인들이 거의 다 몰락했는데… 과연 섭씨 100도, 기부목표 100%가 달성될 수 있을까?" 걱정해본 적이 있습니다.

그러나 그것은 기우였습니다. 사회가 위축되고 주머니 사정이 어려워졌어도 기부는 줄지 않았던 것입니다. 놀랍게도 재작년 12월부터 2021년 1월 말까지 사랑의 온도가 115.6도까지 올라갔습니다. 목표액이 3,500억 원이었는데, 4,045억 원이나 걷혔습니다.

올해에도 1월 첫주까지 섭씨 90도를 기록하고 있습니다. 코로나 3년

차인 이번 1월 말까지는 목표 100도를 넘길 것이 확실합니다. 저는 이 온도가 바로 우리 사회가 지닌 "희망의 온도"라고 생각합니다. 세월이 아무리 힘들어도 우리 국민들 가슴속에는 따뜻한 마음이, 희망이 살아 있다는 걸 알 수 있습니다.

우리 사회에는 절대 꺼지지 않는 "희망의 불씨"가 있습니다.

우리 3650지구 로타리 리더 여러분, 이제 우리는 "로타리 온도탑"을 바라보아야 할 시점입니다. 지난 12월 말 기준, 우리 지구의 온도탑은 42도입니다. 재단기부 목표 200만 달러의 41%, 836,000달러를 넘어서고 있는 것입니다. 현재까지 83만 달러가 넘은 것도 우리 지구 최근 30년간 실적 중에서 두 번째로 높은 실적입니다.

로타리안이라면 누구나 희망의 불씨, 기부의 마음이 있는 분들입니다. 그러나 그 불씨가 타오르도록 길을 안내해줄 사람이 필요합니다. 그것은 바로 클럽 회장님과 지구임원 여러분이십니다. 여러분들께서 회원님의 손을 잡고 기부로 이끌어주실 때 우리 "로타리 온도탑"은 100도까지 오를 수 있습니다.

각 클럽 회장님들의 리더십이 바로 우리 3650지구의 힘이 된다는 점을 기억해주시고, "로타리 온도탑"이 100도를 향해 나아갈 수 있도록 적극 도와주실 것을 부탁드립니다.

(2021. 1, 신년인사회 중에서)

나로 인해서 무엇이
나아졌는가

시청앞 광장의 "사랑의 온도탑"이 새해 1월 20일 드디어 100도를 넘어 목표액 3,700억 원을 넘어서기 시작했습니다. 코로나에도 불구하고 작년에 115.6도, 올해도 마침내 목표 100도를 넘어 110도까지 뜨겁게 끓어오르고 있다는 소식입니다. 이 온도는 아무리 어려워도 우리 사회엔 사랑이 있고, 희망이 살아 있다는 사실을 말해줍니다.

두 번째 좋은 소식은, 우리 "로타리 온도탑"이 50도 가까이 다가왔다는 사실입니다. 사실, 지난 연말 40도가 안 될 정도로 아주 저조하던 것이 이제 목표 200만 달러를 향해 절반의 고비를 넘어서고 있습니다. 우리 로타리 온도탑도 100도까지 끓어오를 날을 손꼽아 기다립니다.

로타리클럽 회장이나 총무, 지구임원 모두의 임기는 1년입니다. 그렇지만 우리는 1년짜리 로타리안이 아니라 영원한 로타리안입니다. 임기를 마친 다음에도 우리는 계속 만나고, 계속 봉사하면서 이 길을 함께 가는 영원한 로타리안인 것이죠. 임기를 마친다고 해서 로타리안으로서 은퇴하는 건 아닙니다.

로타리안에겐 절대 은퇴가 없다는 말씀을 드린 것처럼 우리의 목표는, 목표 그 다음을 향해 계속 앞으로 나가는 일입니다. 그래서 우리가 로타리 리더라는 위치에 있는 한 자신에게 이렇게 물어보아야 합니다. "나로 인해서 우리 클럽이, 우리 지구가 무엇이 더 나아졌는가?" "내가 로타리 리더로서 이 세상을 위해 무엇을 했는가?"

피천득 선생님의 글에 이런 구절이 있습니다.
"어리석은 사람은 인연을 만나도 몰라보고, 보통사람은 인연인 줄 알면서도 놓치고, 현명한 사람은 옷깃만 스쳐도 인연을 살려낸다."
로타리라는 인연으로 만난 우리는 좀 더 나은 세상을 위해 나를 희생하겠다는 마음을 가진 봉사의 동반자입니다. 우리는 혼자서 하기 힘든 일을 여럿이 힘을 모아 더 큰 봉사, 더 큰 영향력을 발휘하는 봉사를 하려고 모인 사람들입니다. 여러 사람이 힘을 모아서 소아마비 박멸사업과 같은 기적을 만드는 사람들이 모인 곳, 여기가 바로 로타리입니다. 이제 우리 곁에 있는 좋은 인연을 잘 살려서 더 행복한 봉사를 하자는 말씀을 드립니다.
로타리 리더십이란 바로 이것이라고 생각합니다. 회원증강이란 목표 그 자체보다도 내 주위의 좋은 인연들을 로타리로 연결시키는 것, 그것이 바로 회원영입의 새로운 태도이고 리더십입니다.

잘 아시는 바와 같이 우리 로타리는 지구상 가장 오랜 역사를 가진 민간자선단체입니다. 신뢰성과 투명성, 효율성, 재무건전성 같은 여러 측면에서 "세계 넘버1 자선단체"로 평가받고 있습니다.

이런 사실을 한마디로 증명하는 사례가 게이츠 재단의 재단의 빌 게이츠 회장이 심사숙고 끝에 가장 좋은 기부처로 선택한 것이 바로 우리 로타리라는 사실입니다.

여러분들 옆에는 소중한 인연이 있습니다. 클럽 회장과 총무, 5대 위원장 여러분들 휴대폰 속에는 소중한 인연이 잠자고 있습니다. 회장님, 총무님께서 클럽으로 돌아가시면, 나의 소중한 친구 동료, 선후배들을 로타리로 모셔오는 캠페인을 시작해주십시오. 그분들을 초대해서 로타리에서 같이 만납시다.

지금 지구에서 로타리 자녀클럽을 만들고자 진행중입니다. 인생의 중요한 좌표가 될 로타리 가치, 로타리 멤버십을 2세대, 3세대에 물려주시면 어떨까요? 그들에게 아주 소중한 선물이 될 것입니다.

(2022. 2, 지구월례회의에서)

새로운 생각이
새로운 기회를
만든다

과연 마스크를 벗게 되는 날이 언제
쯤일까, 모두가 코로나로부터 해방될 날을 기다리는 요즘입니다. 그나
마 일차적으로 사회적 거리두기가 풀려서 모임인원 제한이 완화되었
습니다.

그 가운데 지난 4월 22일, 제60년차 지구대회가 성공리에 개최되었습
니다. 3년 만에 정상적으로 열린 지구대회는 처음부터 끝까지 감동에
감동의 연속이었습니다. 한마디로 신바람 나는 축제였습니다. 다들 정
말 오래간만에 느껴보는 신명 나는 시간, 생동감 넘치는 시간이었다고
말씀하셨습니다.

대회 개막을 알리는 진도북춤, 그 힘찬 북소리가 울려퍼지는데 그 소
리가 마치 제 가슴을 두드리는 것만 같았습니다. 라디오프랑스 필하모
닉 악장으로 있는 바이올리니스트 박지윤 씨의 신들린 연주, 김재덕

무용단의 신들린 현대무용, 대한태권도협회 국가대표 공연단의 일사불란하고 아찔한 고난도 태권도 공연도 신바람 그 자체였습니다. 그날 모든 공연과 행사가 한결같이 신바람나고 우리 가슴을 뜨겁게 채워주는 축제였다고 생각합니다.

또, 이번 지구대회가 더 뜻깊었던 것은, 코로나 때문에 정기적인 주회도 열지 못할 정도로 꽉 막혀 있는 상황이었음에도 불구하고 8개 신생클럽이 합동 창립식을 가졌다는 사실입니다. 신입회원 한 명 모시기도 힘든 여건 속에서 무려 280여 명의 신입회원들이 한날한시에 로타리에 가입하는 진기록을 세웠습니다.

이번에 방한한 마이클 맥거번 RI회장대리께서는 우리 3650지구에서 회원 자녀들 클럽, 기업 소속 클럽이 창립되는 것을 보고는 매우 인상적이고 세계적으로 참조할 만한 새로운 모델이라는 말씀을 남기셨습니다.

이 신생클럽들 중에 가장 먼저 소개할 클럽은, 현 로타리 회원들 자녀들로 구성된 "서울 링크로타리클럽"입니다. 기존 회원이신 부모님들이 자녀들에게 로타리 정신을 이어주겠다는 취지에서 추천해주신 50여 명의 자녀들이 신생클럽을 만든 것입니다. 봉사의 가치를 2세들에게 이어주는 의미인데, 이는 그 어떤 NGO 단체에서도 찾아볼 수 없는, 로타리이기에 가능한 특별한 사례라고 하겠습니다.

다음으로 소개할 클럽은, 회원들이 운영하는 기업에서 출범한 로타리클럽들입니다. 이번에 창립된 클럽은 코오롱, 삼일제약, LMS, 메가존 클라우드, 회명산업 소속 로타리클럽입니다. 그리고 서울 해피포럼,

서울 윈드오케스트라 로타리클럽도 같이 창립했습니다.

기업 클럽은 우리에게 새로운 기회입니다. 그리고 로타리라는 다소 경직된 조직을 유연하게, 또 젊게 하는 새로운 도전입니다.

이미 기업마다 ESG 경영을 구체화하기 위한 사회공헌활동을 하고 있습니다만 이를 로타리클럽과 연계한다는 것은 다중적인 의미를 가지고 있습니다. 즉, 이것은 기업의 사회공헌에다 117년 역사가 축적된 로타리의 봉사 경험과 철학을 접목함으로써 보다 더 영향력 있고, 보다 더 내실있는 봉사활동을 하게 된다는 점입니다.

기업 클럽의 신입회원 여러분들은 "여러분의 봉사가 기업을 대표해서 하는 타성적인 봉사가 아니라, 나 개인의 봉사가 타인의 삶을 변화시킬 수 있다는 사실을 확인하는 실질적 경험이 될 것이고, 동시에 그 봉사가 나 자신의 삶도 변화하게 해준다는 사실을 알게 될 것"이라고 확신합니다.

이번에 입회한 신입회원 여러분을 다시 한번 환영하고, 로타리클럽을 만들어주신 로타리 리더 여러분께도 진심으로 감사를 드립니다.

로타리 지도자 여러분, 제가 2022년 지구대회에서 강조한 것 가운데 하나가 "로타리 하우스" 프로젝트였습니다. 저는 이 프로젝트를 일컬어 "1,000년의 행복"을 만드는 봉사라고 말씀드렸습니다.

즉, 우리가 독거노인 한 분 한 분의 집을 수리해드리면 그분들은 10년 이상 편안히 행복하게 사실 수 있는 것이므로 로타리 하우스 프로젝트의 목표인 100명의 어르신 전체를 생각하면 100명에게 10년씩, 모두

1,000년의 행복을 만들어 드린 것과 같습니다.

한편으로 보면 한 사람 한 사람의 선의가 모여 하루 한 가구씩 수리해 드리는 봉사이지만, 이것을 여러 클럽이 릴레이를 하듯이 1년 동안 지속함으로 해서 무려 1,000년의 행복을 만들어낸 것입니다. 참으로 놀라운 결과라고 하겠습니다.

더욱이 이번 프로젝트는 코로나 팬데믹으로 봉사의 기회가 막혀 있던 모든 클럽 회원들이 순차적으로 다함께 참여할 수 있었다는 점에서도 의의가 크다고 하겠습니다. 거의 모든 클럽이 주회도 못하고, 봉사도 못하던 기간 중에 이렇게 우리 지구 내 전체 클럽, 그리고 로타랙트 청년들, 회원 기업의 직원들, 가족들까지 연인원 700여 명이 힘을 합쳐 기적 같은 봉사를 할 수 있었습니다.

이것이 바로 로타리 봉사의 위대함입니다. 로타리가 아니면 하기 힘든 기적 같은 봉사인 것이죠. 이를 다시 설명드리자면, "로타리란 혼자서 할 수 없는 일을 여럿이 힘을 모아 하는 봉사단체"란 사실을 다시 한번 일깨워준 프로젝트였다는 것이었습니다.

2가구의 시범사업까지 포함해 총 102가구의 집수리를 마치기까지 수리비용을 후원해주시고 직접 현장봉사에 참여해주신 클럽 회장과 회원님들께 깊이 감사드립니다.

존경하는 클럽 회장님과 총무님, 이제부터는 코로나 기간 중의 침체를 털어내고 클럽을 활성화시켜야 할 시간입니다. 그동안 가라앉아 있던 회원들의 열정을 촉발하셔서 그분들 내면에 잠자고 있는 선의와 우정의 힘이 밖으로 드러날 수 있도록 리더십을 발휘해주실 것을 당부드립니다.

로타리에는 EREY라는 기부가 있습니다. "Every Rotarian Every Year", 즉 "로타리안 누구나, 매년 빠짐없이" 회원 전원이 매년 25달러 이상 재단기부를 하는 방식입니다. 저는 남은 임기 2개월 동안 "Everyday, Every Rotarian"을 실천해달라는 제안을 드립니다. 회장님과 총무님이 "하루도 빠짐없이, 매일매일 로타리를 생각하자"는 것입니다.

먼저 사랑해야 사랑을 받을 수 있습니다. 여러분들께서 회원을 사랑해야 회원들께서 클럽을 사랑하게 되지 않겠습니까. 매일매일 회원들을 챙기고 사랑하십시오. 하루하루가 한 달이라 생각하고 클럽을 챙겨주십시오. 그러면 그로부터 클럽이 살아나는 힘, 세상을 따뜻하게 바꾸는 힘이 나올 것이라고 생각합니다.

(2021. 5. 지구월례회의에서)

로타리에서
만나요

　　　　　　　　　　　　'로타리에서 만나요'는 제 임기중 비
중을 두고 만들었던 유튜브 채널입니다.

코로나 팬데믹으로 5인 이상 집합금지 조치가 나오고, 그러다 보니 클
럽 자체의 정기모임은 물론 지구 단위의 모든 활동까지 열 수 없게 되
어 난감한 상황이었습니다. 말 그대로 '비대면 시대'로 돌입하게 되었
습니다. 자연히 고민이 깊어질 수밖에 없었습니다. 어떻게 해야 꽉 막
혀 있는 회원들과의 통로를 열 수 있을까? 회원과 회원간에, 또 지구와
클럽간에 서로 소통하는 데 도움이 될 만한 방안은 없을까? 숙고 끝에
2021년 9월부터 시작하게 된 것이 3650지구 유튜브 '로타리에서 만
나요'였습니다.

여기서 매달 총재 메시지를 말씀드리면서 국내외 로타리 소식을 전하
고, 우리가 로타리안으로서 느끼는 보람과 의미에 대해 이야기했습니

다. 또 회원들의 회사나 사업체 소개, 명소탐방 등등의 재미있는 영상물도 만들었습니다. 우리가 직접 만나지는 못해도 재미있고 유익한 영상을 통해 계속 소통하려고 노력했던 것이지요. 아울러 일반 구독자들에게 로타리를 알림으로써 로타리에 대한 이해를 높이게 하려는 뜻도 담겨 있었습니다.

그 결과, 카카오톡이나 밴드 등으로 소통하고 있던 로타리클럽 회원들이 흥미를 가지고 영상물을 관심있게 봐주었습니다. 특히 대학생을 중심으로 구성된 로타랙트클럽 회원들은 무척 반가워했습니다. 로타리 회원과 로타랙트 젊은이들간의 거리를 좁히는 대화의 기회를 만들었기 때문에 더 관심을 갖지 않았는가 하는 생각이 듭니다.

다만, 유튜브 시청에 익숙하지 않은 회원들에게는 넘을 수 없는 벽 같은 게 있었습니다만 소통의 통로가 꽉 막혀 있던 시기에 소통의 공간을 만들었다는 점에서 좋은 반응들이 있었습니다.

'로타리에서 만나요' 첫 번째 방문은 북창동 흑돼지전문점 '꺼멍도새기' 편으로 시작했습니다. 코로나 이전에 매년 가을이면 시청광장에서 서울시와 손잡고 대대적으로 김장 봉사를 했었는데, 봉사를 마치고 나면 참석자들이 뒤풀이를 하던 맛집이 '꺼멍도새기'였습니다. 서울남산 로타리클럽 김계태 전회장이 운영하는 이곳에서 저를 비롯해 강미은 커뮤니케이션위원장, 최진욱 회원증강위원장, 서정림 문화행사위원장 등과 같이 제1편을 촬영했습니다.

제2편은 서울코암로타리클럽의 민경혁 회원이 대표로 있는 남이섬을

찾아갔습니다. 우리나라 대표 관광지로 손꼽히는 남이섬의 초가을 풍경 속으로 들어가는 것만으로도 힐링이 되는 시간이었습니다.

10월에 촬영한 청담동 소재 '카페티 퍼스트에비뉴' 편은 서울남산로타리클럽 김상은 회원이 운영하는 카페였습니다. 이때에는 로타랙트 임원을 지낸 김진솔(2016 미스코리아 진) 소울리프 대표와 현임 로타랙트 지구임원인 손민지, 홍수민 회원을 초대하여 로타랙트 젊은 세대들의 이야기를 듣는 시간을 가졌습니다.

네 번째 유튜브는 서울코암로타리 양창모 회원이 운영하는 경기 포천시의 '라싸골프클럽'을 찾아가 인터뷰하고, 참석한 지구임원들이 직접 라운드하며 친목을 다지는 시간을 가졌습니다. 라싸(Lassa, Lhasa)는 티베트어로 '신들의 땅'이란 뜻. 2020년 새로 개장한 골프장이지만 울창한 산에 둘러싸여 있고 코스 경관이 좋아 회원들에게 아름다운 영상을 보여주었습니다.

다섯 번째는 지하철 2호선 성수역 인근에 있는 '에스팩토리'를 소개했습니다. 서울남산로타리클럽 이호규 회원의 '에스팩토리'는 옛 섬유공장과 자동차정비공장을 리모델링한 복합문화공간으로서 개성 있는 커뮤니티들이 모이고 여러 이벤트가 열리는 장소입니다. '에스팩토리'의 다양한 공간들을 돌아보고, 또 이날은 유지환 로타랙트 지구대표 등 임원진들을 초대해 신세대 활동에 대한 이야기를 나누었습니다.

이어서 한 해를 마감하는 12월, 여섯 번째 영상은 박수부 전 총재가 세운 강화도 '수하민예박물관'에서 촬영하였습니다. 방송유물전시관과 민예전시관을 둘러보고 한옥카페에서 환담을 나누는 영상을 담았습니다.

더욱이 이날은 지구임원 단합 야유회를 겸하여 다같이 석모도의 보문사를 방문하고 서해 일몰을 바라보며 유튜브용 새해 인사를 찍고 다함께 새해 소망을 기원했던 일도 잊을 수 없는 추억이었습니다.

일곱 번째 영상은 서울관훈로타리클럽 윤영석 회원의 춘원당한의원에서 촬영했습니다. 1847년 창립해 8대째 대를 잇고 있는 춘원당을 소개하고, 춘원당한방박물관을 견학하며 우리나라 한의학의 역사와 가치에 대해 새롭게 인식하는 기회를 가졌습니다.

여덟 번째 유튜브는 저희 파파존스 안성QCC였습니다. 실은, 방문 대상이 마땅치 않아 저희 회사를 가게 되었는데, HACCP 인증 공장에서 기본에 충실한 파파존스의 모습을 보여드리고 싶었습니다. 기본에 충실하다는 것이 외식 프랜차이즈 회사의 신뢰에 중요한 요소이기도 하지만 '진실, 공평, 선의와 우정, 유익'이란 로타리 정신과도 일맥상통하다고 하겠습니다.

아홉 번째는 서울코암로타리클럽 이상현 전회장이 운영하는 KCC오토그룹의 벤츠 한남전시장을 찾았습니다. 메르세데스 벤츠와 관련한 여러 정보와 유익한 이야기를 통해 명품의 탄생과정에 대해 대화를 나누었지요.

열 번째는 서울남산로타리클럽 이주완 회원의 메가존클라우드를 방문했습니다. 유니콘 기업에 오른 과정과 로타리 봉사에 관한 이야기를 나누었습니다.

열한 번째는 정휘영 2지역대표(서울관훈로타리클럽)가 2대째 대를 이어 운영하고 있는 연일와인을 찾아 촬영했습니다. 우리가 자세히 모르고 있던 와인에 관한 여러 이야기를 접하면서 시음도 하고 즐거운 시간을 가졌습니다.

이밖에도 팬데믹 시기에 각 클럽들이 온라인 주회 때 활용할 수 있는 강연과 대담, 로타리 지식 연수 프로그램들도 여러 편 제작하였습니다.

정창선 한국시각장애인아카데미 회장을 연사로 모셔 '문학과 인생'이란 주제로 강연을 들었습니다. 이분은 서울아리랑로타리클럽 초대회장을 지낸 분입니다.

두 번째는 대한변호사협회 회장을 역임한 이찬희(서울무악로타리클럽) 변호사를 초대하여 '윤석열 대통령 당선인의 공약과 법제도 변화 예측'이란 주제의 강연을 들었습니다.

또 지구에서 주관하는 로타리 연수에 관한 강연을 만들어 클럽에서 연수용 자료로 활용할 수 있도록 하였습니다. 이 강좌는 여러 연수회에서 로타리 지식을 강의해주었던 김중 11지역대표가 강연 실황을 직접 촬영, 편집하여 올림으로써 각 클럽 주회와 신입회원 연수 등에 활용토록 하였습니다.

'로타리에서 만나요'에서는 1년간 80여 편의 영상물을 소개하였습니다. 또 제 임기가 끝난 다음에도 로타리 연수 프로그램을 중심으로 지금도 계속 업로드되고 있습니다. 이 영상물들이 로타리 회원들께 유익한 자료로 쓰이기를 바라고, 로타리에 대해 전혀 모르고 있던 청년들이 많이 시청하여 로타리 활동에 대해 이해를 높이는 계기가 되어주기를 바라는 마음입니다.

(2022. 7)

'로타리에서 만나요'
QR코드.

비대면 시대를 극복하기 위해
만든 유튜브 '로타리에서 만나요'
콘텐츠 모음.

로타리안 x 로타랙트

S FACTORY

MZ세대의 핫플레이스로 떠오른
성수동 S팩토리편 섬네일.
지구 임원들과 로타랙트 젊은이들이
만났다.

독거어르신을 위한 김장나눔봉사 섬네일.
로타랙터들과 함께 최소인원이 참여해
200명분 김장을 담갔다.

인생과 로타리 가치에 대해
이야기한 KCC오토그룹편.

국제로타리3650지구
시각장애인과 함께 하는
2022 남산길 걷기대회

로타리안과 로타랙터 등 700여 명의
봉사자들이 시각장애인 300여 명과
함께 남산길을 걸었다.

다시
출발선에서

　　　　　　　　모든 일은 다 지나간다는 말이 있습
니다. 또, 밤이 깊으면 깊을수록 아침이 다가오듯 고통스러운 날도 그
끝이 있기 마련입니다.

2020년 1월 20일, 우리나라에 첫 코로나 확진자가 발생한 이래 지난
2년 4개월간 우리는 한 번도 겪어본 적이 없는, 참으로 힘겨운 코로나
대유행 시기를 잘 이겨내고 오늘 총재 이임식을 갖게 되었습니다.

존경하는 3650지구 로타리안과 지도자 여러분, 그동안 수고 많으셨
고, 이렇게 건강한 모습으로 다시 뵙게 되어 반갑습니다.

지난 2년여 세월은 우리 로타리의 가치는 물론이고, 소중한 로타리 친
구들을 잃어버릴 수도 있는 위기의 시대였습니다. 심지어 장기간 주회
를 열지 못하는 클럽들이 있다보니 클럽의 존립 자체까지 걱정해야 하
는 심각한 상황이 벌어지기도 하였습니다.

그러자 클럽 회장님들이 회원들을 직접 찾아가 4명 이하 인원으로 "찾아가는 주회"를 열고 있다는 말씀을 듣고서 저는 가슴 뭉클한 감동을 받았습니다. 총재로서 더욱 힘을 내서 로타리의 기치를 더 높이 들어 올려야겠구나 하는 용기를 얻었습니다.

이와 같이 어려운 여건을 헤쳐 나가고자 하는 회장님들의 노고 덕분에 우리 지구는 코로나 위기를 지혜롭게 돌파했고, 역사에 남을 만한 발자취를 남겼다고 평가하고 싶습니다.

특히 개별 클럽들이 봉사활동을 하기 힘든 여건 속에서 클럽별로 소수 인원씩 지구 내 거의 모든 클럽이 다함께 참여하는 "로타리 하우스 프로젝트"를 성공리에 마칠 수 있었던 것은 매우 뜻깊은 일이었습니다. 보통, 집을 한번 수리하면 한 10년은 편안하게 살 수 있다고 하는데, 서울의 독거 어르신 102분의 집을 고쳐드렸으니 단순하게 100명에게 10년씩, 무려 1,000년의 행복을 만들어드린 셈입니다. 그리고 우리 모두는 그 기적의 주인공이었습니다.

회원 순증과 유지 측면에서도 의미있는 약진을 하였습니다.

임기 초기에는 자격을 충족하지 못하는 9개 클럽이 일시에 제적되는 일까지 있었습니다. 주회도 열지 못하는 상황에서 100여 명의 신입회원을 영입중이었는데 전체 회원수가 일시적으로 2,000명 밑으로 떨어지는 심각한 상황이 벌어졌던 것입니다.

그러나 여러분들의 협조로 회원수를 다시 2,304명으로 반전시킬 수 있었습니다. 이가운데 기업의 ESG 경영과 로타리 정신을 연계하여 회사 사회공헌팀을 기반으로 하는 13개 로타리클럽(395명)을 새로 출범시켰습니다. 또한 로타리안 자녀들 52명으로 구성된 서울링크로타리클럽을 만든 것도 향후 신생클럽 창립의 좋은 사례가 될 것으로 봅니다.

2021-22 글로벌 보조금 사업도 총 11건으로 12만 달러, 지구보조금 사업은 총 13건으로 3억 5천만 원을 시행하였습니다.

특히 경기침체로 어려운 시기임에도 불구하고 회원들의 재단기부가 총 124만 달러를 기록했습니다. 이는 우리 3650지구의 95년 역사상 최고 기부액이라고 합니다.

솔직히 저는 이번 회기에 200만 달러 이상을 기부함으로써 존11, 존12를 뛰어넘어 세계 1위를 한번 해보고 싶다는 욕심도 있었습니다. 아쉽게도 그 뜻을 이루지 못했습니다만 언젠가 또다시 이같은 목표에 도전할 날이 오리라고 생각합니다.

존경하는 3650지구 로타리안 여러분, 저는 꼭 1년 전 이 자리에서 총재에 취임하면서 "손에 손잡고 힘을 합쳐서 이 위기를 뛰어넘자"라는 말씀을 드렸습니다. 그리고 바르셀로나 올림픽 주제가였던 "아미고스 파라 씨엠쁘레(영원한 친구)"에 나오는 이런 노랫말을 소개했었지요. "우리가 함께하면 무언가 의미있는 일이 일어나죠… 인생의 친구는 한 계절만 만나는 사이가 아니랍니다. 영원한 친구, 영원한 사랑을 의미해요."

코로나 시기를 거치면서 우리가 많은 걸 포기하고 잃었지만, 반면에 우리에게 진정 소중한 것이 무엇인지를 확인하는 계기가 되기도 하였습니다. 나에게 있어서 로타리 친구가 얼마나 소중한가? 또, 로타리가 나의 인생을 얼마나 행복하게 채워주는가를 다시 생각하는 시간이었습니다.

우리가 손에 손잡고 함께 가야 할 이유가 바로 거기에 있습니다. 로타리, 그리고 로타리 친구들은 우리를 기쁘고 행복한 인생으로 이끌어주는 소중한 동반자라는 사실을 절실하게 느낄 수 있었습니다.

이제 새 임기를 시작하는 손봉락 총재님의 손을 우리 모두가 꼭 잡아드리고, 더 행복한 로타리를 만들고 더 따뜻한 세상을 만드는 일에 힘을 모아주시기를 부탁드립니다. 저도 총재 임기는 마쳤더라도 제가 받았던 선물을 다시 돌려드린다는 마음가짐으로 지구 발전을 위해 계속 봉사할 것입니다.

끝으로, 지난 1년간 저와 함께 열정적으로 일하고 헌신해주신 로타리 지도자 여러분께 다시 한번 감사의 인사를 드립니다. 고맙습니다.

(2022. 7. 1, 이임사 중에서)

비대면 시대, 줌 화상회의로 진행한
지구월례회의 모습.

이임식에서 손봉락 총재가
재임기념 뱃지를 달아주고 있다.

이취임식을 마치고
손봉락 총재 내외분과 함께.

2^{Part} 지금
시작해요

로타리 하우스,
1,000년의 행복

　　　　　　　　　코로나로 인해 우리는 전혀 경험해
본 적 없는 너무나 낯선 세상을 살아왔습니다. 전체 회원이 참석하는
지구대회를 여는 것도 2년 만입니다.

2020년 3월 22일 사회적 거리두기 방침이 시행된 이래 2022년 4월
18일 사적 모임 10명, 행사 및 집회인원 299명 제한 규정이 완전 해제
되기에 이르렀습니다. 이는 무려 757일 만에 인원 제한이 없어진 것인
데, 지구대회를 불과 나흘 앞두고 해제 발표가 난 것이라서 촉박한 시
간에 서둘러 대응하느라 미흡한 점이 적지 않습니다.

어떤 분은 이번 코로나 팬데믹 상황이 전쟁 때보다 더 불안하고 막막
했었다는 경험담을 말씀하시더군요. 이렇게 힘든 시기에 로타리클럽
을 이끌어오신 클럽 회장님과 총무님, 그리고 국내외 봉사를 위해 힘
써주신 로타리 지도자 여러분들께 감사드립니다.

특히 장기간 주회조차 열지 못하는 악조건 속에서 클럽 회장님들의 마음고생이 많으셨을 줄로 압니다. 저 역시 총재로서 소임을 다하기 위해 크고 작은 고통이 많았다는 점을 고백하지 않을 수 없습니다. 그래서 마치 살얼음판을 걷는 심정으로 매사에 신중을 기했고, 지구 발전을 위한 가장 바람직한 방향을 선택하기 위해 한번 더 고민하고, 한번 더 생각하면서 지구를 운영해왔습니다.

그리고 코로나 상황을 타개하기 위해 "더 큰 봉사로 더 큰 영향력을 발휘하자"라는 적극적인 전략으로 지구를 운영하고자 노력했습니다. 그중의 하나가 지구 연합봉사 프로젝트 "로타리 하우스" 사업이었습니다.

각 클럽들이 각자 해오던 봉사활동이 축소되거나 중단될 수밖에 없는 상황이었지만, 반대로 여러 클럽들이 힘을 합치게 되니까 오히려 보다 큰 봉사사업을 할 수 있었고, 또 로타리의 영향력도 더 크게 파급시키는 효과를 거두게 되었습니다.

우리가 연중 프로젝트로 시행한 "로타리 하우스" 봉사사업이 바로 "Do More, Grow More"의 모범 사례라고 말할 수 있겠습니다.

독거노인들의 주거환경 개선사업인 "로타리 하우스"는 우리 지구 내 94개 클럽 거의 모두가 참여하고, 봉사 현장에는 회원뿐만 아니라 회원의 가족, 회원 기업의 직원들, 그리고 로타랙트 대학생들까지 참여하는 연합봉사 형태로 진행되고 있습니다.

독거노인 분들이 사시는 집은 상당히 열악한 처지입니다. 반지하이거나 햇볕이 들지 않는 집이 대다수입니다. 그런데 더 큰 문제는 무엇 하나 고치려고 해도 비용도 비용이지만 건강상 어르신들이 직접 해결할 수 없는 처지라는 점입니다. 그래서 우리 로타리가 나서서 수리비용을 대고, 전문가의 도움을 받아 직접 수리에 나서기로 했던 것입니다.

곰팡이가 낀 벽지와 장판을 새것으로 갈아주고, 낡은 싱크대를 교체하고, 계단이나 화장실에 안전 손잡이를 설치하고, 묵은 쓰레기까지 치워드려서 깨끗하고 편리한 생활환경으로 바꿔주고 있습니다. 지구대회가 열리는 오늘 현재, 86번째 "로타리 하우스" 봉사가 진행중인데, 다음달 말까지 총 102개 가구를 수리하게 됩니다.

이 "로타리 하우스"는 특별한 의미가 있습니다. 우리 지구 내 전체 클럽이 참여함으로써 "로타리 하우스" 봉사가 무려 1,000년의 행복을 만드는 기적 같은 봉사로 확대되었다는 사실입니다.

우리가 집 하나를 고쳐드리면 독거노인 한 분이 10년 이상 편안하게 사실 수 있는 행복을 선물해드리는 것과 같으니까, 100명에게 10년씩, 무려 1,000년의 행복을 만들어낸 것입니다.

만약에 이러한 봉사를 예전처럼 한 개의 클럽이 했다면 단순한 일회성 봉사로 그치고 말았을 것입니다. 그렇지만 연합으로 힘을 모아 하니까 더 효과적이고 더 영향력 있는 봉사가 될 수 있었습니다. 또, 코로나로 봉사의 기회를 갖지 못하던 회원들과 로타랙트 대학생 등 연인원 800여 명이 이 봉사에 참여하는 소중한 기회가 되었습니다.

로타리란 혼자서 할 수 없는 일을 여럿이 힘을 합쳐 하는 자선봉사단체입니다. 보다 크고 넓게, 보다 지속적으로 로타리의 영향력을 확대하는 것, 이것이 바로 로타리이고, 로타리의 저력이라고 하겠습니다. 비록 팬데믹 시기라 할지라도 우리 로타리의 영향력은 중단되지 않았고, 우리를 필요로 하는 곳에 도움을 손길을 베풀어왔다는 사실에 우리 모두는 자부심을 가져도 좋을 것입니다.

이밖에 우리 3650지구는 국내외 여러 지구와 클럽들과 손잡고 여러가지 봉사사업을 추진해오고 있습니다.

지구촌에서 소아마비를 완전히 박멸하기 위한 마지막 0.1퍼센트에 도전하고 있는 "엔드 폴리오(End Polio)" 사업에 힘을 보태기 위해 파키스탄, 튀르키예, 스리랑카를 지원했습니다($90,650).

또, 우리 지구는 파키스탄에만 4개의 프로젝트를 지원하고 있습니다($60,650). 아이티 지진($10,000), 튀르키예 산불($10,000), 최근 전쟁으로 위기로 처한 우크라이나 난민들에게 식량과 의약품 등을 지원하는 긴급구호사업을 추진했는데, 우리나라의 19개 지구 전체가 참여하여 14만 5천 달러를 모금해 기부했습니다.

또, 산불로 큰 피해를 입은 강원-경북지역 이재민을 돕기 위해 긴급 모금을 실시하여 1,600만 원의 의연금을 보내드렸습니다. 지난 4월 초에는 1억 4천만 원의 극빈자 안과질환 지원기금을 여의도성모병원에 전달했습니다. 이 지구보조금사업은 우리 지구와 남산로타리클럽이 주관했고, 여기에 서울 3640지구, 경기 3750지구, 미국 LA지구, 대만, 일본 도쿄와 오사카 등 4개국 9개 지구, 5개 클럽이 연합으로 추진한 의료봉사사업이었습니다.

코로나19 사태가 우리 로타리 활동에도 많은 어려움을 주었지만 그가운데서도 우리는 서로 협력하고 소통하면서 자랑스러운 성과를 거두었습니다. 지난해 9월부터 우리 지구는 유튜브를 활용하여 총재 메시지를 보낸다거나, "로타리에서 만나요"라는 유튜브 영상으로 로타리 회원들의 업체를 소개하고 로타리를 홍보했습니다. 격월간 총재월신 《로타리 서울》을 꾸준히 발행하여 회원 여러분들께 클럽과 지구 소식들을 지속적으로 전달해드릴 수 있었습니다.

또한, 모임 인원제한으로 모든 활동이 중단된 상태였지만 이번에 "로타리 하우스"를 통해 최소한의 봉사활동에 나설 수도 있었습니다. 마스크를 쓴 채 비좁은 반지하 집이나 가파른 산동네에서 봉사하는 회원님들을 보면서 저는 "로타리가 인생을 아름답게 만드는 좋은 길이구나"라는 감동을 받았습니다.

지난달 유튜브 메시지에서도 말씀드렸습니다만, 얼마 전 신문에서 본 김형석 명예교수님의 말씀을 다시 소개합니다. 우리 시대를 대표하는 정신적 어른이신 김 교수님은 올해로 연세가 103세이신데, 인생과 행복에 대해 이런 말씀을 하셨습니다.

"100년 이상 살아보니 내가 나를 위해서 한 일은 남는 게 없다는 결론을 얻었습니다. 이웃과 더불어 사랑을 나누는 사람, 사회에 조금이라도 도움을 주기 위해 애쓴 사람, 정의롭게 살려고 노력한 사람은 인생의 마지막에 남는 게 있어요. 즐거움, 행복이라는 건 내가 만들어서 내가 차지하는 게 아니라 남이 만들어서 주는 것입니다."

과연 행복이란 무엇일까? 철학자가 아니더라도 누구나 몇 번씩 고민해본 질문일 것입니다. 그런데 노 철학자가 한세상 살면서 얻은 결론은,

인생은 내가 이룬 것보다는 내가 남에게 나누어준 것이 남더라는 것, 그리고 행복이란 남들이 나에게 만들어주는 것이라는 사실을 깨달았다고 말씀하십니다.

로타리안 여러분, 우리가 하는 봉사와 기부는 행복을 만드는 씨앗입니다. 아울러 그 행복이 선순환과정을 거쳐 다시 나에게 돌아와 나를 행복하게 하는 결실이 됩니다.

오늘 이 자리에 모이신 여러분이 바로 이 세상에 도움을 주고 사랑을 나누려는 봉사인이라는 점에서 우리 로타리안들은 이미 행복한 인생을 살고 있거나, 또 장차 행복한 인생을 사실 분들이 아닌가 생각합니다.

오늘 60년차 지구대회는 우리가 지난 1년간 이룩한 봉사의 기록들을 되새기는 감동의 대회입니다. 그리고 우리가 가난하고 아픈 이들에게 베푼 사랑이 어떻게 하여 우리들에게 행복으로 되돌아오는가를 생각하고 확인해보는 축제의 날입니다. 3년 만에 되찾은 지구대회의 기쁨을 함께하면서 좋은 추억을 만드는 하루가 되시길 바랍니다.

(2022. 4. 22, 지구대회 개회사 중에서)

서울 마포어르신돌봄통합센터와 독거어르신
주거환경개선사업 업무협약식.
왼쪽부터 **황윤성 사무총장, 소효근 10지역대표
(현 차차기 총재)**, 이정수 지구봉사위원장, 저자,
고은주 원장과 관계자, 정희영 2지역대표.

로타리 하우스
집수리 봉사를 하는
남산로타리클럽
회원들.

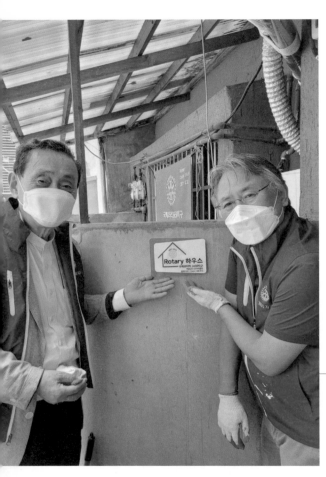

집수리 봉사를 마치고
권성원(왼쪽)
직업봉사위원장과 한창호
남산로타리클럽 회장.

새한양로타리클럽 봉사 현장에서.
왼쪽은 윤상구 RI재단 부이사장.

무악로타리클럽 봉사 현장에서.
왼쪽부터 이정수 봉사위원장과
이순동 지구트레이너(전 총재),
독거 어르신과 저자,
유지환 로타랙트 지구대표.

한강로타리클럽 봉사 현장에서.
왼쪽부터 **이남주 회장, 사무장,**
김자연 차기총무, 김범준 7지역대표.

한국공학대 로타랙트클럽 회원들.

봉사에 참여한 코암로타리클럽 회원들.
왼쪽부터 **이대희 로타랙트위원장,**
허준 코암로타리 봉사위원장,
황윤성 사무총장.

방한한 쉐이커 메타 RI회장이
로타리 하우스 현장을 찾았다.

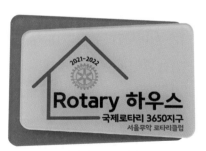

로타리 하우스 표지판.

여러 언론에서도 '로타리 하우스' 를
보도했다.
사진은 채널A 인터뷰 모습.

로타리의 가치를
후대에게

병원 생활을 하다가 퇴원하는 분들이 이구동성으로 하는 말이 있습니다. 병원 문을 나오면서 처음 들이마시는 바깥공기가 얼마나 신선하고 고마운지 모른다고 말입니다.

그 공기는 매일같이 마시던 것과 똑같은 공기인데, 건강을 되찾아 퇴원하면서 새로운 마음으로 마시는 공기이기 때문에 유난히 신선하고 감사하다고 느끼게 되는 것이지요.

저는 이번 코로나 시대를 살면서 로타리가 얼마나 소중하고 내 삶에 얼마나 큰 비중을 차지했었는지를 다시 한번 확인하는 계기가 되었습니다. 매일매일 마시는 공기가 얼마나 고마운지 모르고 살았던 것처럼 로타리가 내 삶에 얼마나 중요한 부분인지 실감하지 못했다는 걸 느꼈습니다. 로타리안들이 서로 만나고, 교류하고, 봉사하는 일이 막히게 되자 그러한 일들이 우리 인생에 있어서 얼마나 소중하고 고마운 일이 없는지 새롭게 알게 되었던 것이지요.

제 개인적인 얘기 하나 소개하겠습니다. 저희 아버님 연세가 아흔넷이신데, 현재 3640지구 남서울로타리클럽에 현역 멤버로 나가고 계십니다.

제가 서른 중반쯤 됐을 때인데, 하루는 아버님이 '너도 이제 로타리에 가입해라' 해서 로타리에 대해 아무것도 모르는 사람이 로타리클럽 회원이 되었습니다.

그로부터 30년이 지난 2021년 7월 1일, 제가 부모님을 모시고서 3650지구(서울) 총재 취임식을 가졌습니다. 저로서는 감회가 남다른 날이었는데… 그날 취임식에서 제가 이런 인사말씀을 드렸습니다.

"이 앞에 앉아 계신 부모님이 제 육신과 영혼의 어머니이시라면, 제 인생의 아버지는 로타리입니다."

제가 한 사람의 사회인으로 성장하는 데 로타리가 얼마나 큰 영향을 주었는가를 말씀드린 것이었습니다.

혹시 제 이야기에 공감하시는 분이 계실지 모르겠습니다만, 제가 로타리안으로서 살아온 30년을 한마디로 표현하면 바로 그런 마음이었던 것입니다.

만약에 아버님께서 저를 로타리로 이끌어주시지 않았다면, 단언컨대 제 인생의 폭과 깊이는 지금과 같지 않았을 게 확실합니다. 로타리가 아버님이 청년 아들에게 준 귀중한 선물이었다는 것을 30년 세월이 지나고 보니 비로소 알게 되었던 것입니다.

제가 로타리안이 되었던 것은 부모님이 저에게 주신 소중한 선물이었습니다. 여러분도 부모님이든 선배든 누군가로부터 이 선물을 받으셨을 줄 압니다. 로타리가 여러분에게도 소중한 인생의 선물이 되었다면 여러분께서도 주위 친구나 후배, 자녀들에게 그 선물을 나눠주고 이어주는 일을 해주실 것을 부탁드립니다.

조선 후기 순조시대에 이양연(1771~1853)이 지은 '야설(夜雪)'이라는, 우리에게 익숙한 시가 있습니다.

눈 덮인 들판을 걸어갈 때 (踏雪野中去)
어지럽게 걷지 마라. (不須胡亂行)
지금 내가 걸어가는 발자국은 (今日我行跡)
다음에 오는 사람에게는 길이 된다. (遂作後人程)

오늘 내 발자국이 뒤따라오는 후진들에게 이정표가 된다는 가르침은 200년이 지난 오늘날에도 여전히 유효합니다. 세상을 살면서 로타리를 알게 되고, 로타리에서 인생의 폭과 깊이를 넓히신 분이라면 그 길을 다음 세대들에게 이어주는 일이 너무나 뜻있고 가치 있는 일이라는 걸 아실 것입니다.

우리 로타리는 민간 비영리 국제봉사단체로서 117년이란 가장 오랜 역사를 가졌고, 지금도 계속 발전해가고 있습니다. 그러나 지난 3, 40년 동안 로타리의 중요한 당면과제 중 하나는 회원증강이었습니다. 지금도 전 세계 클럽 어디 할 것 없이, 또 국내 1,685개 클럽 모두가 이 문제로 고민하고 있습니다.

사회구조와 직업환경의 변화, 비영리 NGO의 증가 등등 여러 가지 원인이 있겠습니다만, 우리는 차세대 로타리안의 발굴, 여성회원의 확대, 공공이미지 개선과 같은 새로운 변화에 소홀했던 점을 말씀드리지 않을 수 없습니다.

로타리의 뿌리는 클럽입니다. 클럽이 존재함으로써 로타리가 생명력을 갖게 되는 것이고, 그 클럽 또한 회원이 있음으로써 성립됩니다. 따라서 클럽의 뿌리가 깊고 튼튼해야 100년, 200년 성장할 수 있고, 이 세상을 좀 더 나은 사회로 만드는 자선활동과 인도주의를 실천할 수가 있습니다.

여러분과 제가 로타리를 통해서 인생의 소중한 가치를 알게 되었듯이, 우리 주위의 친구와 후배, 자녀들을 로타리로 이끌어주셔야 할 사명이 있는 것입니다. 이것이 결국 회원증강으로 이어지는 지름길입니다.

여러분들 휴대폰에는 아마 1천 명, 2천 명의 전화번호가 저장돼 있을 것입니다. 바로 그 사람들 가운데 신입회원으로 초대해야 할 분이 반드시 들어 있습니다. 바로 그분에게 우리가 해온 "초아의 봉사"를 얘기해주시고, 지구촌에서 소아마비를 완전히 사라지게 한 "폴리오 플러스"를 얘기해주시기 바랍니다. 로타리는 그분의 인생에 선물이 될 것이 분명합니다. 그분이 이번 회기에 회원으로 가입할 수 있는 기회를 만들어 보시기 바랍니다.

우리가 맛집을 알게 되면 친구나 가족들과 같이 그 집에 가보게 됩니다. 또, 아름다운 명승지를 가보게 되면 주위 사람들에게 그 정보를 얘기해주는 것과 같이, 여러분과 가까운 분들을 로타리의 세계로 초대하는 일은 가치 있는 일입니다.

회원증강에 성공하느냐, 또 한 해 정체에 머무느냐 하는 문제는, 회장님의 리더십과 솔선수범도 중요하지만 바로 지금, 나부터 하겠다는 회원님 각자의 의지가 절실하게 필요합니다. 우리 클럽의 미래를 위해서, 우리 클럽의 좋은 전통과 역사를 계속 이어가기 위해서 회원의 기반을 넓혀 나가는 일에 힘을 모아주실 것을 부탁드립니다.

(2021. 8. 19, 회원증강 세미나에서)

행복은 어떻게 나에게 되돌아오는가

코로나 사태 이후 3년 만에 정상화된 지구대회가 순조롭게 진행돼 이제 마지막 순서로 RI회장대리 환영을 겸한 지구대회 만찬을 시작합니다.

오늘 지구대회 본회의는 팬데믹 속에서도 멈추지 않고 꾸준히 지속해온 우리들의 봉사, 우리들의 우정을 확인하는 가슴 뭉클한 감동의 시간이었습니다. 지난 2년 반 동안 우리는 정기적인 주회조차 열지 못하는 상황 속에서도 회원을 유지하고 로타리의 가치를 실현하기 위해 최선을 다해왔습니다. 그리고 이제 그토록 바라던 엔데믹으로 가는 길목에 접어들었습니다. 끝이 보이지 않던 그 기나긴 터널을 뚫고 나와 우리가 지난날의 보람과 연대, 희망에 대해 이야기할 수 있다는 사실이 참으로 기쁘지 그지없습니다.

기나긴 고통의 시기를 극복해내기 위해 애써주신 클럽 회장님과 총무님, 지구임원 여러분들께 다시 한번 감사와 위로의 인사를 드립니다.

오늘은 우리 지구의 60년차 지구대회이자 한국로타리 94주년을 기념하는 축제입니다. 이 기쁜 날을 축하하기 위해 방한한 마이클 맥거번 (Michael McGovern) RI회장대리를 환영하는 지구대회 만찬을 시작합니다. 마이클 맥거번 RI회장대리는 미국 7780지구 총재, RI 부회장과 국제로타리재단 부이사장을 지냈고, 현재는 폴리오플러스위원회 의장으로 활동하고 있는 세계적인 지도자입니다.

오늘 본회의 서두에서 마이클 맥거번 RI회장대리께서 해주신 쉐이커 메타 RI회장의 메시지와 RI 현황보고를 겸한 연설은 무척 감동적이었습니다.

전 세계가 바이러스와 재앙으로 고통받고 있는 지금은 인류가 로타리를 더욱 필요로 하는 시기입니다. 세상이 우리를 필요로 하기에 우리는 "봉사로 삶의 변화를" 일으키겠다는 사명감을 잊지 않고 인도주의의 길을 걸어왔습니다.

우리가 연중 프로젝트로 진행중인 독거노인 주거개선사업 "로타리 하우스" 봉사는 "봉사로 삶의 변화를" 만들고 있는, 잊을 수 없는 보람입니다.

가난과 질병, 치매와 장애를 안고 살아가는 독거노인들이 코로나 사태로 더욱 고립된 생활을 하게 되었는데, 우리 로타리안들이 이분들에게 편안하고 행복하게 살 수 있는 환경을 만들어주고 있습니다.

이 프로젝트에는 우리 3650지구 전체 클럽들과 2천여 명의 회원들 모두가 직 · 간접적으로 참여하고 있습니다.

우리는 단 하루를 봉사하는 것이지만 홀로 사는 어르신들은 오랫동안 참고 살아온 불편을 단번에 해결하는 "놀라운 변화"에 감격하고 있는 것입니다.

실로 무에서 유를 만들 듯이 100분에게 천년의 행복을 만들었으니, 그야말로 이는 기적이라고 하겠습니다. 봉사가 만드는 삶의 기적입니다. 저는 이것이 바로 "Do More, Grow More" 정신이 만들어낸 놀라운 성과요, 우리 로타리안들의 자부심이라고 생각합니다.

존경하는 클럽 회장님과 총무님 여러분, 혼자서 할 수 없는 일을 여럿이 힘을 합쳐서 하는 것, 이것이 바로 로타리입니다. 보다 크고 넓게, 보다 지속적으로 로타리의 영향력을 확대하는 것, 이것이 바로 로타리이고, 로타리의 저력인 것입니다.

오늘 60년차 지구대회는 우리가 지난 1년간 이룩한 봉사의 기록들을 되새기는 감동의 대회입니다. 그리고 우리가 가난하고 아픈 이들에게 베푼 사랑이 어떻게 하여 우리들에게 행복으로 되돌아오는가를 생각하고 확인해보는 축제의 날입니다. 3년 만에 되찾은 지구대회의 기쁨을 함께하면서 좋은 추억을 만드는 즐거운 만찬이 되시길 바랍니다.

(2022. 4. 22, 지구대회 만찬사 중에서)

지구대회를 나흘 앞두고
사회적 거리두기가 2년 1개월 만에
전면 해제되어 인원제한 없이
대회가 열릴 수 있었다.

환영만찬에 참석한
마이클 맥거번 RI회장대리 ,
손봉락 차기총재, 지역대표 및
임원진.

RI회장대리로 방한한
마이클 맥거번 전RI부회장.

환영 건배사를 하는 윤상구
국제로타리재단 부이사장.

국제로타리 고액기부 표창을 받은
전순표 전 총재(왼쪽)와 함께.

지구대회 본회의 기념촬영.
맨 앞줄 왼쪽부터 저자,
마이클 맥거번 RI회장대리,
이동건 전 RI회장, 장충식 전 총재.
두 번째 줄 왼쪽부터
윤상구 국제로타리재단 부이사장,
윤영석 국제로타리재단 전 이사,
채희병 전 RI이사, 전순표 전 총재.
세 번째 줄 왼쪽부터 문덕환,
팽재유, 장성현, 고성대 전 총재.
네 번째 줄 왼쪽부터 유장희, 박호군,
장세호, 이종원, 이영호,
박수부 전 총재.

나를
변화시키는 기부

우리나라 로타리는 지금으로부터 94년 전인 1927년, 지금의 서울로타리클럽 전신인 경성로타리클럽이 그 뿌리가 됩니다. 앞으로 6년 뒤면 한국로타리가 100주년을 맞이하게 됩니다. 또, 우리나라 최초의 지구인 서울 3650지구가 그 역사의 주역이 됩니다.

100년 역사를 지닌 우리나라 최초의 국제봉사단체라는 자부심 이면에는 그에 걸맞는 위상을 갖추어 나가야 할 사명이 우리 앞에 놓여 있습니다. 회원증강, 기부와 봉사의 확대, 미래에 대비한 준비, 이러한 것들이 우리가 풀어가야 할 과제입니다.

이번 회기에 국제로타리 쉐이커 메타 RI회장께서는 "봉사로 삶의 변화를"이라는 테마를 제시했습니다. 그러면서 "봉사는 우리가 지구에서 차지하는 공간에 대한 임대료를 지불하는 것"이라는 자신의 인생 철학을 소개했습니다.

봉사를 해본 분들은 느끼셨을 줄 압니다만, 봉사란 아프고 배고픈 사람, 소외된 사람들만 변화시키는 게 아니라 봉사하는 나 자신의 삶도 변화시킨다는 사실입니다. 실제로 경험해 보면 봉사란 일차적으로 수혜자들이 고마워하지만, 가만히 생각해보면 봉사하는 나 자신도 또 다른 선물을 받았다는 느낌이 들 때가 많습니다.

이렇듯 봉사는 수혜자든 봉사자든 우리 모두의 삶을 바꿔주는 힘이 들어 있습니다. 또, 우리 로타리안들은 그와 같은 마법 같은 힘을 지닌 사람들입니다. 회원님 한분 한분이 이 세상을 좀 더 나은 세상으로 바꿀 수 있는 "힘과 마법"을 가지신 분들입니다. 여러분들께서 가지신 잠재력을 로타리를 위해서 발휘해주신다면, 그 힘이 클럽을 발전시킬 것이고, 우리 3650지구가 새 역사를 만들어가는 원동력이 되어줄 것이라고 생각합니다.

다음은, 우리 지구가 안고 있는 숙제를 말씀드리고 또 한 가지 협조를 구해야 하겠습니다. 우리 지구는 명실상부하게 가장 오랜 역사를 지닌 대한민국의 종주 지구이고, 한국인 최초의 국제로타리 회장(이동건 RI회장)을 비롯해 이사, 로타리재단 이사를 많이 배출하였습니다. 지난 7월에는 윤상구 전총재께서 로타리재단 부이사장으로 선임되었습니다.

그런데 우리 지구의 재단기부 실적은 19개 지구 중 하위권에서 벗어나지 못하고 있습니다. 이 순위를 끌어올리려고 이전 총재님들이 참 많은 애를 쓰셨습니다만, 이 정체의 벽을 넘지 못했던 게 현실입니다. 솔직히 총재에게 회원증강과 재단기부는 피할 길 없는 숙명이고, 우리나라는 물론, 전 세계 524명의 총재가 똑같이 갖고 있는 고민입니다.

여담 하나를 말씀드리면, 어느 방송사 기자가 "서 회장님은 봉사를 하실 수밖에 없다"고 하는 겁니다. 왜냐하면, 제가 하는 피자 사업이 봉사 정신을 그대로 보여준다는 얘기예요. 피자는 나올 때부터 여럿이 나눠 먹을 수 있게 롤러칼로 잘라 나오는데, 그게 바로 봉사가 아니냐는 것이죠. 피자에 봉사의 의미가 담겨 있다는 얘기에 저도 수긍했습니다. 피자는 내가 다 먹은 다음에 다른 사람한테 주는 게 아니라 다같이 나눠 먹는 음식입니다.

저는 봉사와 기부도 마찬가지라고 봅니다. 어려운 이웃들을 위해 내것을 쪼개서 나눠주는 게 기부요, 봉사가 아니겠습니까. 이 사실은 봉사를 지속적으로 해온 분들은 다 알고 있습니다. "돈 벌면 하겠다" "나중에 하겠다"고 말하는 분들은 실제 봉사를 거의 안해 본 분들입니다. 그 "나중에"는 절대 오지 않는 시간입니다. "지금" 해야 하는 것이죠.

이번 회기 3650지구의 재단기부 목표는 200만 불입니다. 이렇게 되면 우리 지구는 19개 지구 중 "Top 5" 내에 들게 됩니다. 이렇게 되면 우리가 종주 지구라는 이름에 걸맞는 위상을 되찾게 되지 않겠는가 하는 생각입니다.

그러나 이 목표보다 더 중요한 것은 "무기부 회원 제로" 목표입니다. 지구의 2천2백여 회원 모두가 전원 기부에 참여해주시는 것입니다. 이 캠페인 가운데 하나가 "전회원 EREY 100% 클럽"을 달성해주시는 것입니다. 즉 회원 한 분이 1년에 최소 25불씩 기부하는 EREY에 모두 동참해주셔서 모든 클럽들이 이번 회기에 "무기부 회원 제로" 목표를 달성해주시면 고맙겠습니다.

(2021. 10. 21. 지구월례회의에서)

로타리에는
은퇴가 없다

우리 로타리 회원들은 인생길을 함께 걸어가는 인생의 동반자이자 영원한 친구입니다. 인생이란 한 치 앞도 알 수 없을 만큼 어려운데, 특히 요즘은 코로나라는 전염병으로 인해 하루 앞을 내다볼 수 없는 세상이 되었습니다. "인생은 어렵다"라는 말이 실감나는 시대에 우리가 살고 있습니다. 하지만 역으로 보면, 이 어려운 시기를 통해 우리 로타리 정신으로 맺어진 로타리 친구들이 참 소중한 관계라는 것을 다시 한번 느끼는 계기가 되기도 합니다.

코로나 비대면 시대를 거치면서 우리는 새로운 사실을 알게 되었습니다. 코로나 시대에는 기존의 클럽별 봉사활동을 뛰어넘는 연합봉사를 해야 "더 크고 더 영향력 있는 봉사"가 된다는 사실을 터득했던 것입니다.

물론 클럽이 해오던 지속적인 봉사활동은 계속 유지해야겠지만, 클럽과 클럽, 전국 19개 지구들과의 연합봉사, 지역사회-기관과 기업, 그리고 차세대 젊은 로타랙터들과 연계하여 봉사의 규모와 효율성을 높이는 방향으로 변화를 시도하려고 합니다.

지금 우리가 하고 있는 "로타리 하우스" 봉사는 감동의 물결을 이어가고 있습니다. 현장에 가보면 가슴이 뭉클한 감동을 느낍니다. 단순히 우리는 하루 시간을 내서 봉사하는 것이지만, 홀로 사는 어르신 분들은 향후 10년 이상 편안하게 살 수 있는 10년 행복을 선물 받는 감동의 현장입니다.

바로 로타리 하우스 봉사가 우리가 하려는 더 크고 영향력이 있는 봉사, 젊은 로타랙터와 함께, 기업과 가족들이 함께 하는 봉사의 시작입니다.

흔히 인생은 여행 같다고 하고, 길에 비유하기도 하죠. "인생은 나그네 길…"이라는 노래가 있듯이, 그 끝이 어딘지 모르고 갈 때는 참 멀고 먼 길이고, 은퇴하고 연세가 드신 분들은 그 멀었던 길이 하룻밤 꿈처럼 짧았다고 얘기합니다. 그래서 인생은 남가일몽(南柯一夢)이라고 말하는 것 같습니다.

하지만 인생길은 길고 짧은 것보다 더 중요한 게, "인생은 끝이 좋아야 성공한 인생"이라는 사실이죠. 기억에 남는 좋은 영화는 엔딩신이 멋있는 법이고, 세계적인 일류 제품은 미세한 마감처리가 완벽하다는 걸 알 수 있지요. 사람도 끝이 좋은 사람을 좋은 사람이라고 말합니다.

저는 이번에 "로타리 하우스"에서 봉사하는 회원님들을 보면서 "로타리는 인생 후반부를 아름답게 살아가도록 하는 좋은 길이구나"라는 생각을 했습니다. 한 사람의 하루 희생이 홀몸 어르신에게 5년, 10년의 행복을 선물한다는 사실은 참으로 아름다운 모습입니다.

100세 시대라고 하는 지금, 일반적으로 직장에서 은퇴하면 고독하고 무료한 시간을 보냅니다. 그렇지만 우리 로타리에는 은퇴가 없습니다. 종신 활동이 보장되는 모임입니다. 건강이 허락하는 한 영원한 현역인 것이 로타리안입니다.

좋은 친구, 좋은 선후배들과 매주 만나 주회때 애국가를 부르고 새로운 문화도 즐기고, 이 세상 아프고 힘든 사람들을 위해 봉사하며 사는 "끝까지 좋은 인생길"이 바로 로타리의 길인 것이죠.

"로타리에는 은퇴가 없다." 이 말에 공감하신다면, 여러분들에게 소중한 친구나 후배가 행복한 인생길을 걸어갈 수 있도록 로타리 회원으로 초대해보시기 바랍니다.

특별히 저는 신세대 청년들에게 관심을 가지고 있습니다. 이 청년들이 곧 한국 로타리의 미래라고 믿기 때문입니다. 여러분들께서도 차세대 청년들에게 보다 많은 관심을 가져주시기 바랍니다.

일례를 들면, 그동안 한국로타리의 장학사업은 총 6만1,822명의 학생들에게 무려 1,231억 원의 장학금을 지급했습니다. 이 놀라운 수치가 곧 로타리의 미래와 연결될 수 있다고 생각합니다. 따라서 단순한 장학사업으로 그치지 않고, 이 젊은이들을 찾아 계속 연계하며 소통하는 시스템을 마련하려고 합니다.

또, 이번 회기에 로타랙트 임원들을 우리 지구의 임원진으로 발탁했습니다. 이는 우리나라 로타리 사상 처음 하는 시도입니다. 로타리가 청년세대들과 손잡고 그들과 더 가까워지기 위한 첫걸음을 내딛은 것입니다. 현재 로타랙트는 국내 222개 클럽이 있고, 우리 지구에는 20개 클럽이 있습니다. 제 임기 중에 신생클럽을 창립해 로타랙트클럽을 확대해 나갈 계획입니다.

이가운데 특히 중점을 두고자 하는 것은 "소통과 협력"이고 "미래세대와의 시스템 구축"입니다.

로타리 회원들의 직업적 다양성과 우정을 기반으로 "로타리 리워드 프로그램"을 준비하고 있습니다. 로타리안들이 서로를 알고 서로 도울 수 있는 플랫폼을 만들겠습니다. 《로타리 서울》(총재월신)을 통해서 소통을 강화하고 회원과 회원사를 소개하며 호응도를 높이도록 하겠습니다. 아울러 유튜브와 페이스북, 인스타그램 등 SNS를 강화하고 미디어와 연계함으로써 로타리 브랜드 이미지를 높여 여러분들 가슴에 있는 로타리 뱃지가 자랑스럽도록 하는 데 기여하겠습니다.

(2021. 4. 9, 팀연수회에서)

우리가 가진
마법의 힘

　　　　　　　　　"우리가 꿈꾸는 세상은 다함께 힘을
모아 지구촌과 지역사회 그리고 우리 자신을 위한 지속력 있는 변화를
실천하는 그런 세상입니다."

이 글은 "로타리 비전 선언문"입니다. 우리 로타리안이 어떻게 나아가
야 하는지를 알려주는 이정표와 같은 글입니다.

로타리가 더 나은 세상을 만들려면 로타리클럽이 더 건강해야 하
고, 더 강해져야 합니다.

클럽이 강해지려면 점점 더 크고 영향력 있는 봉사를 해야 하고, 그러
기 위해서는 기금이 필요합니다. 지난번 월례회의에서 30년 전 제가
아버님으로부터 로타리 가입이란 선물을 받아 로타리에서 소중한 인
생의 가치를 몸에 익혔다고 했듯이 우리 주위의 친구와 후배, 자녀들을
로타리로 이끌어주어야 할 사명이 우리에게 있다고 말씀드렸습니다.

저와 함께 새 임기를 시작하시는 클럽 회장, 총무님 여러분. 쉐이커 메타 RI회장께서는 "봉사는 우리가 지구에서 차지하는 공간에 대한 임대료를 지불하는 것"이라는 자신의 인생 철학을 소개했습니다.

우리 로타리안은 봉사라는 사명감을 통해서 모든 이들의 삶을 바꿀 수 있는 힘과 마법을 지닌 사람들입니다. 회장님과 총무님들께서 "우리가 가진 힘과 마법으로" 좀 더 나은 세상을 만들기 위해 먼저 솔선수범해서 EREY나 PHF를 기부해주십시오. 그러한 솔선수범이 있을 때 회원들이 여러분을 따라 기부를 하고 봉사에 기여하게 되며, 이것이 우리 3650지구가 새로운 역사를 만드는 길이라고 생각합니다.

이번 회기에 우리는 코로나 시대에 맞춰 새로운 "로타리 하우스" 봉사를 시작했습니다. 또한 튀르키예 산불 구호 성금을 보냈고, 아이티 지진구호에 인명구조대 파견은 시간관계상 무산되었지만, 대신 9월 26일에 구호물자와 구호금을 보냅니다.

아무래도 올해 서울시청 광장에서 하는 김장 나눔봉사와 스페셜올림픽 발달장애인들과 5km 마라톤도 힘들 것 같지만 코로나 시기에 맞는 다른 봉사들을 기획하고 개발 중입니다.

이 모든 것에는 기금이 필요합니다. 오늘은 윤상구 RI재단 부이사장님의 재단기부 강연을 듣고 나서 7, 8월에 저희 지구가 해온 봉사들을 안내하고 협조를 요청하려고 합니다.

다음 10월 월례회는 꼭 대면회의를 할 수 있기를 바라면서 오늘 월례회를 시작합니다.

(2021. 9. 15, 화상월례회의에서)

끝이 좋아야
성공한 인생

이번 10월 월례회에는 우리 지구에 두 가지 기쁜 소식을 전하면서 인사를 드립니다.

제일 먼저, 지난 10월 3일에는 쉐이커 메타 RI회장께서 한국을 방문해, 10월 5일 경주에서 "질병퇴치와 환경"을 주제로 첫 번째 국제로타리회장 컨퍼런스를 가졌습니다.

윤상구 국제로타리재단 부이사장께서 컨퍼런스 컨비너를 맡으시고 우리 지구 여러분들께서 애써주신 결과, 성공적인 컨퍼런스가 되었습니다. 제 인사말 뒤에 쉐이커 메타 회장 내한 소식은 따로 소개하겠습니다.

또 한 가지 소식은, 우리 3650지구가 연간 프로젝트로 진행하고 있는 "로타리 하우스" 집수리 봉사가 회원 여러분들의 성원 속에 순조롭게 진행되고 있다는 소식입니다. 오늘 이 시간에도 마포구에서 한성로타리 회원들이 열심히 봉사하고 있습니다. 23호 로타리 하우스입니다.

지난 10월 8일 남산로타리클럽이 맡은 용산구 현장에는 방한한 쉐이커 메타 회장님께서 직접 방문하고, 가을비가 내리는 궂은 날씨에도 불구하고 봉사하고 있는 회원님들과 로타랙터들을 직접 격려해주셨습니다.

지금 우리가 하는 "로타리 하우스" 봉사는 감동의 물결을 이어가고 있습니다. 현장에 가보면 가슴이 뭉클한 감동을 느낍니다. 우리는 하루 시간을 내서 봉사하는 것이지만, 독거 어르신들은 향후 10년 이상 편안하게 살 수 있는 10년 행복을 선물 받는 감동의 현장이었습니다.

수고해주시는 이정수 지역사회봉사위원장님과 로타리 리더 여러분, 클럽 회장님, 회원님들께 진심으로 감사 인사를 드립니다.

일반적으로 사회에서 은퇴하면 고독하고 무료한 시간을 보냅니다. 그렇지만 우리 로타리에는 은퇴가 없습니다. 종신 활동이 보장되는 모임입니다. 건강이 허락하는 한 영원한 현역인 것이 로타리안입니다.

어려운 이웃을 위해 봉사하며 사는 "끝까지 좋은 인생길"이 바로 로타리의 길인 것이죠. "로타리에는 은퇴가 없다." 이 말에 공감하신다면, 여러분들에게 소중한 친구나 후배가 행복한 인생길을 걸어갈 수 있도록 로타리 회원으로 초대해보시기 바랍니다.

인사말을 마치기 전에 재단기부에 대해 잠깐 말씀드리겠습니다. 지난 월례회의 때 지역대표님, 지구 임원 분들의 PHF 릴레이가 있었습니다. 감사드립니다. 오늘은 클럽 회장님들과 임원님들께도 부탁드리겠습니다.

회원님들은 100불, 200불이라도 부탁드립니다. 올 회기 목표는 모든 로타리안이 한 분도 빠짐없이 100불 이상을 내시는 겁니다. 한 달에 1만 원씩 기부하는 것입니다.

로타리안 여러분, 날씨가 많이 추워졌습니다. 11월에 대면으로 만나뵐 때까지 건강 유의하시기를 바라면서 이만 인사드리겠습니다.

(2021. 10. 21, 화상월례회의에서)

서서히 활동을
재개하면서

"위드 코로나"로 간다 해서 드디어 11월에는 총재공식방문도, 월례회의도 제대로 하나 했는데 또 이렇게 화상으로 뵙게 되었습니다. 아쉽지만, 우리 3650지구는 한국로타리의 종주 지구로 모범을 보여야 하는 관계로 정부 지침을 성실히 따를 수밖에 없는 실정이라서 많이 답답하기는 합니다.

그나마 11월부터 실외는 좀 더 많은 인원이 허용되고 실내에도 10인까지 모일 수가 있어서 소아마비의 날을 기념하기 위해 수도권 5개 지구가 함께 "End Polio 합동 청계산 등반 겸 플로깅 행사"를 열었고, 우리 지구가 최다인원인 80여 분이 청계산에 함께 올라 End Polio를 외치고 플로깅 활동을 펼치기도 했습니다. 이 행사를 완벽하게 주관하여 주신 산악회와 하영호 회장님, 송경미 회장님께 감사드립니다. 그리고 7지역과 6지역 회장님들도 만나서 의논을 할 수도 있었고 내일은 9지역 회장님들을 뵙기로 했고, 드디어 총재공식방문도 11월 15일 새한 양로타리클럽을 시작으로, 어제는 예장로타리클럽을 다녀왔습니다. 지역대표님들께서는 이번 주부터 12월 16일 월례회의는 물론 클럽 주회나 총재공식방문을 본격적으로 준비해주시기를 부탁드립니다. 우리가 임기를 시작하면서 세웠던 목표들, 신입회원 영입, PHF, EREY 같은 기부 목표, 봉사계획, 클럽 강화를 위한 계획 등 세부 진행상황을 점검하고 미진한 점들을 해결해 나가야 하겠습니다.

제 인사말 뒤에 발표들을 하시겠지만, 전처럼 서울광장에서 많은 인원이 모일 수는 없으나 정부 방침에 맞춰 11월 27일은 마포어르신돌봄통합센터에서 자그마한 김장 봉사를 준비 중입니다. 그리고 지난 월례회의에 말씀드린 것처럼 로타리 하우스도 순조롭게 잘 진행되고 있습니다.

오늘은 38번째 로타리 하우스로 6지역 사직로타리클럽에서 수고하고 계십니다. 여러분들의 참여와 클럽별 1백만 원의 성금으로 벌써 38분의 어르신들이 불편한 집을 고치고 편안히 지낼 수 있게 되었습니다.

하지만 100가구를 하기에는 여러분들의 성의가 더 필요합니다. 12월에 예정된 6가구에 신청 클럽이 없습니다. 아직 신청 안 하신 클럽은 바로 신청하셔서 봉사의 감동을 공유하시기를 권합니다.

내년 신청도 받고 있으니 로타리 하우스 봉사에 참여했던 클럽들도 한번 더 신청해주시기를 부탁드립니다. 현장에서 한번 봉사해 보시면 봉사가 어떤 건지를 마음으로 느끼실 수 있습니다. 회원이 많은 클럽에서는 다시 한번 기회를 만들어서 여러 회원들이 참여할 수 있는 기회를 만들어주시는 것도 좋겠습니다.

거리두기 제한으로 인해 총재공식방문 일정이 계속 늦어지고 있습니다. 따라서 공식방문 때까지 기다리시지 말고 공식방문 전이라도 십시일반 PHF와 PHS를 내주시고 우리 2,200여 명 모든 회원들이 최소 25달러 이상의 EREY에 동참해주실 것을 부탁드립니다.

우리가 소아마비 박멸을 위해 지금까지 투입한 23억 달러, 현재 추진하는 파키스탄 카라치의 공원 나무 심기, 식수 공급사업, 튀르키예 의료기기 공급, 서울성모병원 극빈 안질환 환우 지원 사업들이 다 여러분들이 내주신 PHF, EREY로 진행되고 있는 봉사사업들입니다.

12월 16일에는 꼭 하얏트호텔에서 직접 뵙기를 바라며 월례회의를 시작합니다.

(2021. 11. 17. 화상월례회의에서)

세계 소아마비의 날(10. 24)을
기념하여 수도권 5개지구(3650,
3640, 3600, 3690, 3750지구)의
합동 플로깅 및 모금 행사가
청계산에서 열렸다.

코로나 확산으로 규모를
축소하여 마포 어르신돌봄
통합센터에서 가진 2021
김장나눔봉사.

기업연계 신생클럽인
서울PJ로타리클럽이 삼일제약,
오픈핸즈와 함께 어린이들을 위한
연말 나눔행사
"삼삼오오 프로젝트"를 열었다.

파파존스 매직카가 44개
지역아동센터와 2개 보육원을
찾아가 1,252명의 어린이에게
따뜻한 피자를 선물했다.

라스트신이 멋진
영화처럼

코로나 바이러스로 온 세상이 꽁꽁 얼어붙었습니다만, 그래도 시간은 흘러 어느새 한 해가 저물어 갑니다. 벌써 저희 임기의 절반이 지나가고 있습니다.

오늘은 이번 회기 들어 처음으로 여는 대면 월례회의입니다. 따라서 지난 10월부터 어제까지 우리 지구에서 있었던 소식을 전하고 내년을 준비하려고 합니다.

아시는 것처럼 지난 10월 3일에는 쉐이커 메타 RI회장님께서 한국을 방문해, 10월 5일 경주에서 질병퇴치와 환경보존을 주제로 첫 번째 국제로타리회장 컨퍼런스를 가졌습니다. 윤상구 재단 부이사장님께서 조직위원장을 맡고 우리 지구 여러분들께서 애써주신 결과, 성공적인 컨퍼런스가 되었습니다.

그리고 11월 27일에는 김장 봉사를 가졌습니다. 2015년부터 해마다 서울시청 광장에서 열렸던 김장봉사를 올해도 계획했었는데 코로나로 인해 무산될 수밖에 없었습니다. 하지만 시청광장에서 하는 규모에는 미치지 못했어도 마포돌봄센터에서 80여 분의 로타리안과 로타랙터들이 모여 김장을 했고 독거 어르신들께 잘 전달하였습니다.

또 이번 회기에 우리 3650지구가 연간 프로젝트로 진행하고 있는 '로타리 하우스' 집수리 봉사가 회원 여러분들의 성원 속에 어제 12월 15일로 54호 집수리를 마쳤습니다. 올해 봉사 마지막 날인 어제는 새노원로타리클럽이 수고해 주셨고, 특히 지난 10월 8일 남산로타리클럽이 맡은 용산구 현장에는 쉐이커 메타 회장님께서 직접 방문하시고, 가을비가 내리는 궂은 날씨에도 불구하고 봉사하고 있는 회원님들과 로타랙트 청년들을 직접 격려해주셨습니다.

지금 우리가 하고 있는 "로타리 하우스" 봉사는 감동의 물결을 이어가고 있습니다. 현장에 가보면 어르신들이 살고 있는 환경이 너무 열악한데, 우리의 손길로 하나하나 고치고 치워서 새로운 환경을 만들어드릴 때마다 가슴 뭉클한 감동을 느낍니다. 독거노인 분들이 편안하게 사실 수 있는 집을 만들어 드리는 봉사는 감동의 현장이었습니다. 수고해주고 계신 이정수 지역사회봉사위원장님과 로타리 지도자 여러분, 클럽 회장님과 회원님들께 진심으로 감사인사를 드립니다.

존경하는 로타리 리더 여러분, 12월은 2021-22년도 임원진 임기의 중간이고, 우리 지구와 각 클럽의 하반기를 준비해야 하는 중요한 시기입니다. 코로나 위기시대 속에서 우리 로타리 역시 힘든 시기를 보내고 있습니다만, 이런 난관에도 불구하고 우리는 우리의 목표를 꼼꼼하게 점검하고, 실행 가능한 계획을 세워 내년도를 대비해야 하겠습니다.

특히 가장 우려하고 있는 점은 회원증강과 유지입니다. 비대면 시대라서 여러 가지 제약이 있다고 하더라도, 회원증강 면에서는 '매우 부진'이고, 재단기부에선 '약간 호전', 사회봉사에선 '매우 양호' 수준이라고 하겠으나, 아쉽게도 전반적으로는 답보상태에 있습니다.

좀더 구체적으로 말씀드리면, 회원증강 부문에서는 순증 500명 목표의 11.2%에 도달해 있고, 재단기부는 목표액 200만 달러 중 현재 24.14%에 머물러 있습니다.

회장님들께서도 클럽에 돌아가시면 우리가 임기를 시작하면서 세웠던 목표들, 신입회원 영입, PHF와 EREY와 같은 기부 목표, 봉사계획, 클럽 강화를 위한 계획 등 세부 진행상황을 점검하고 미진한 점들을 해결하려는 의지를 다지는 12월이 되었으면 합니다. 아시다시피 총재공식방문(총방) 일정들이 많이 늦어지고 있습니다. 어제까지 단 열두 클럽만 끝났습니다. 회장님들께서는 각 클럽에서 세운 목표들을 총방 때까지 기다리지 마시고 가능한 것들부터 바로 실행해주시기를 부탁드립니다.

임기의 반환점을 돌면서 우리도 "로타리 인생"에 무엇을 남길 것인가를 점검해 보아야 할 시점입니다. 우리가 임기를 시작하면서 세웠던 목표들을 꼼꼼하게 챙겨서 좋은 성과를 거두어주시기를 바랍니다.

우리가 기억하는 추억의 명화에는 반드시 인상적인 장면이 있습니다.

스토리는 가물가물해도 마지막 라스트신은 한 장의 그림처럼 머릿속에 남아 있습니다. 이제 저와 함께 임기를 같이 하고 있는 회장님과 지구임원 여러분도 마지막 라스트신을 준비할 때가 다가오고 있습니다. "내가 있으므로 해서 우리 클럽이 좀더 나아지고, 우리 지구가 한 단계 더 발전했다"라는 평가를 받을 수 있도록 2021-22년도 결승점을 향하여 끝까지 다함께 뛰어주시면 고맙겠습니다.

존경하는 로타리안 여러분, 올해도 건강하게 마무리하시고, 멋진 엔딩 스토리를 만드는 시간 되시길 바라면서 미리 새해 인사를 드립니다. 새해에도 온 가족 건강하시고, 가내에 행복이 가득하시기를 기원합니다.

그리고 "굿바이 코로나~!"를 외칠 수 있는 날이 하루속히 다가오기를 기도합니다.

(2021. 12. 16, 지구월례회의에서)

로타리 친구가
됩시다

오늘은 2021-22년 회기를 마무리하는 마지막 월례회의입니다. 그리고 지난 1년간 봉사하고 헌신해주신 분들께 표창을 하고 감사의 마음을 전하는 날입니다. 특히 코로나 팬데믹으로 힘겨운 시기였음에도 불구하고 최선을 다해 클럽을 이끌어주시고 지구 발전을 위해 힘써주신 클럽 회장님과 총무님, 지구임원 여러분께 진심으로 감사의 말씀을 드립니다.

먼저 이번에 다녀온 휴스턴 세계대회 소식부터 간략히 전하겠습니다. 이번 세계대회는 2020년 호놀룰루, 2021년 타이베이 대회가 취소되고 3년 만에 열리게 되었습니다. 이번 대회는 2022년 6월 5일부터 8일까지 미국 휴스턴에서 개최되었습니다. 아직 코로나 여파로 많은 나라가 참가하지 못해 11,000명 규모로 열린 조촐한 대회였습니다.

우리 지구에서는 이동건 RI회장님 내외, 윤상구 국제로타리재단 부이사장님 내외, 장세호 총재님 내외, 남산로타리 2명과 저희 부부 등 약 10여 명이 참가하였고, 전국 19개 지구에서 200여 명이 참가하신 것으로 알고 있습니다.

이번에 한국로타리 조찬이 없는 관계로 6월 4일 쉐이커 메타 RI회장님 내외, 윤상구 부이사장님 내외를 모시고 14개 지구 총재들과 함께 Korean Dinner를 개최하였습니다. 제가 개회식부터 6월 8일 폐회식까지 중간중간 소식을 전했고 자세한 내용은 이번 《로타리 서울》에 실려 있으니 참고 부탁드립니다.

세계대회에 많이 방문한 편이지만 폐회식까지 계속 참여해 본 것은 처음이었는데 그 덕에 쉐이커 회장님도 여러 번 뵙고, 차기 제니퍼 존스 회장님과 존 점 재단이사장님도 함께한 소중한 시간이었습니다. 내년 5월 27일부터 31일까지 호주 멜버른 세계대회가 개최되니 많은 관심과 참여 부탁드립니다.

지난 1년은 노심초사의 연속이었습니다. 살얼음판 위를 걷는다는 게 어떤 심정인지 절실하게 느낀 한 해였습니다. 클럽 회장님들께서도 절박한 심정이었던 것이, 정례적인 주회는 물론이고 일체의 클럽 활동을 하지 못해 클럽의 존재 자체가 유명무실한 지경까지 이르렀던 게 불과 4, 5개월 전 일이었습니다. 올 초에 어느 클럽 회장님을 만났더니, 클럽을 더이상 이대로 방치하고 있을 수 없어서 회원님들 직장을 일일이 방문해서 회장과 총무, 회원 한두 명씩 모여서 4명 이하로 만나는 "찾아가는 주회"를 하고 있다는 말씀을 들었습니다. 이런 말씀을 듣고 저는 가슴이 뭉클했습니다. '아, 이 어려운 시기를 극복하기 위해 회장님들이 이렇게들 노력하고 계시는구나…' 콧등이 시큰할 만큼 깊은 감동을 받았습니다.

이렇게 클럽 회장님과 총무님들께서 다방면으로 노력하고 애써주신 결과 우리는 코로나의 긴 터널을 뚫고 무사히 오늘에 이르렀습니다. 인류사회가 코로나를 완전히 이겨내기까지는 좀더 시간이 필요하겠지만, 저는 우리 로타리만큼은 코로나와의 싸움에서 승리했다고 자신있게 말씀드립니다.

로타리 리더 여러분, 여러분들께서 힘써주신 덕분에 지난 1년 동안 우리 지구는 몇 가지 괄목할 만한, 큰 성과들을 거두었습니다.

재단기부 약 124만 달러는 우리 지구 역사상 최초의 기록입니다. 자세한 내용은 오늘 나눠드린 《로타리서울》을 참고해주십시오. 또, 기업의 ESG 경영을 로타리클럽으로 연계하여 12개 신생 클럽을 탄생시킨 것도 로타리의 새로운 트렌드로 주목받고 있습니다.

그리고 우리 지구 전체 클럽이 다함께 참여한 "로타리 하우스 프로젝트"도 코로나 시기를 이겨낸 기적의 봉사였습니다. 여기에는 로타리안은 물론 로타랙트 대학생들, 회원 기업 직원들, 회원 가족들까지 모두가 참여하는 형태의 연합봉사였기에 더욱 뜻깊은 봉사였습니다.

집합금지 인원제한으로 모든 활동이 어려웠던 시기에 우리는 클럽을 유지하고, 로타리의 가치를 실천하는 일에 최선을 다했습니다. 이 과정들을 통해서 우리는 우리 인생에 있어 로타리가 얼마나 소중한지,

로타리 봉사를 통해서 우리 이웃들이, 우리 인생이 얼마나 행복할 수 있는지를 다시 한번 확인하는 시간이었습니다.

아마 세월이 흘러 마스크를 완전히 벗어버리는 날이 온다면, 우리는 우리가 걸어온 지난날의 추억들을 다시 이야기하게 될 것입니다. 그리고 우리가 로타리안이었기에, 특히 이 어려운 시기에 클럽 회장과 총무를 맡았었다는 사실에 대해 보람을 느끼고 자랑스러워하실 것입니다.

존경하는 클럽 회장님과 총무님, 지구임원 여러분, 지난 1년간 노고가 많으셨고, 특히 오늘 수상하시는 여러분께 특별히 축하의 인사를 전합니다. 특별히 지구 최우수클럽상을 받는 서울남산로타리클럽은 제가 소속한 클럽으로서 지구의 모든 봉사사업과 지구 발전을 위해 물심양면으로 아낌없이 후원해주셨습니다. 아울러 6개 신생 클럽의 스폰서 클럽을 맡아주셔서 지구 발전을 위해서도 크게 기여해주신 바 있습니다. 서울남산로타리 회원 여러분과 한창호 회장님께 진심으로 감사드립니다.

오늘 표창은 해당 부문의 실적을 근거로 수상자와 수상 클럽을 선정한 것이지만, 지구 발전을 위해 협력해주신 모든 클럽과 회원 여러분에게 드리는 상과 같습니다. 여러분들께서 보여주신 노력은 로타리의 내일을 열어가는 원동력이 되어줄 것으로 확신합니다. 여러분께서 임기중에 거둔 성과들은 두고두고 기쁘고 보람 있는 추억으로 남을 것이고, 저도 여러분과 함께한 지난 1년간의 추억들을 잊을 수 없을 것입니다.

국제로타리 쉐이커 메타 회장과 함께 우리는 "봉사로 삶의 변화를"이라는 테마를 가지고 봉사했습니다. 지난 1년간 우리에게는 코로나 사태는 물론이고, 국내외로 재난과 재해가 끊이지 않았습니다. 그럼에도 불구하고 우리 로타리안들은 재난과 재해로 어려움에 처한 국내외 곳곳에 따뜻한 인류애를 전했고, 불행에 빠진 사람들의 삶이 좀더 개선되고 변화하는 데 도움을 주었습니다. 이는 우리 모두의 보람이요 행복이었습니다.

여러분, 로타리는 직장과 같은 "정년퇴임"이 없습니다. 이제 보름쯤 지나면 임기를 마치게 되지만 우리는 "은퇴"하는 게 아닙니다. 각자 회원의 자리로 돌아가 로타리 친구들과 같이 "어려운 이들의 삶을 변화시키고, 나 자신의 삶을 변화시키는" 영원한 로타리안의 길을 걸어가는 것입니다.

또, 우리는 언제나 로타리 안에서 다시 만날 것이고, 우리는 언제나 행복한 로타리안으로서 "로타리 인생길"을 동행하게 될 것입니다. 7월 1일이면 우리는 새로운 희망을 안고 새 출발선에 서게 됩니다. 우리 모두의 인생이 나날이 새롭게 변화하고 행복하기를 기원합니다.

(2022. 6. 16, 지구월례회의 겸 총재표창식에서)

미국 휴스턴에서 열린
세계대회에서 이동건 전 회장 등
한국로타리 지도자들과 함께.

세계대회 중 코리안 디너(6월 4일)에
참석한 쉐이커 메타 RI회장,
윤상구 로타리재단 부이사장 내외를
비롯한 한국 14개 지구 총재들.
저자 부부 뒤로 정진섭(3640)
트레이닝리더(TL) 내외.

지금
시작해요

오늘 신생클럽 합동창립식에 참석해
주신 이동건 전 RI회장님과 손봉락 차기총재님 환영합니다. 그리고 우
리 지구의 제60년차 지구대회에 참가하기 위해 내한하신 마이클 맥거
번(Michael McGovern) RI회장대리님이 함께하고 있습니다. 이분은 국제
로타리 부회장, 로타리재단 부이사장을 지내고 현재 소아마비 박멸사
업을 추진하는 폴리오플러스위원회 의장으로 계신 분입니다. 여러분,
마이클 맥거번 RI회장대리님께 환영의 박수를 부탁드립니다.

이렇게 신생클럽 창립식에 RI회장님, 회장대리님, 총재 2명이 참석한
경우는 한국만 아니라 세계에서도 처음일 것 같네요.

오늘 이 자리는 저에게 있어 작년 7월 1일 총재에 취임한 이래 가장 기
쁜 날입니다. 그 이유는 두 가지입니다. 하나는, 앞서 포스코그룹의 그
린엣지클럽, 파파존스의 PJ클럽이 모범을 보이고 있지만 기업클럽 창

립이라는 점에서 그렇습니다. 또 하나는, 로타리안 자녀클럽인 LINK 클럽이 오늘 탄생함으로써 부모로서, 또 인생 선배로서 여러분들의 인생에 새로운 길을 열어드리게 됐다는 점에서 가슴 뿌듯하게 생각합니다.

혹시 오늘 참석한 분 중에도 "로타리 하우스"에 참여했던 분이 있는지 모르겠습니다만, 독거 어르신들이 사는 낙후된 주거시설을 고쳐드리는 봉사입니다. 곰팡이가 슨 벽지와 장판을 갈아주고, 망가진 싱크대를 새것으로 교체하고, 화장실에 안전바를 달아드리고, 우리 로타리 회원들과 로타랙트 대학생들이, 또 기업의 직원들이 팔 걷어붙이고 궂은일들을 해서 새 집을 만들어드리니 어르신들이 꿈에도 생각하지 못한 선물을 받고서는 눈물을 흘리며 고마워하시는 모습을 보았습니다. 그래서 가만히 생각해보니, "로타리 하우스"가 우리에게는 하루 봉사지만 이분들에게는 향후 10년 이상 편안하게 살 수 있는 집이 마련되는 것이구나 하는 생각이 들었습니다. 이 "로타리 하우스"는 5월 말까지 102개 가구를 수리할 예정입니다. 그렇다면 어르신 한 분이 10년씩 편안하게 산다고 해도, 102명이면 무려 1,020년의 행복을 만들어드리는 일이 일어나고 있는 것이지요.

이 행복은 세상 어디에도 없던 것이었는데, 우리 로타리가 있으므로 해서 새로 생겨난 행복입니다. 1,000년의 기적이 일어났다고 하겠습니다.

사랑하는 신생클럽 회원 여러분, 로타리란 바로 이것입니다. 혼자서 할 수 없는 일을 여럿이 힘을 합쳐서 하는 위대한 봉사, 이것이 로타리입니다.

따라서 여러분은 이제부터 직장인으로서 사회공헌을 할 기회를 얻게 되는 로타리안이 되는 것입니다. 이는 단순한 봉사를 뛰어넘어 내 인생의 폭과 깊이를 더 넓히는 계기가 될 것이고, 또 반드시 그러한 기회를 만드시기를 바랍니다. 그리고 로타리를 통해 다양한 직업, 다양한 분야를 경험하고, 국제적 봉사 네트워크를 통해 여러분들의 시야를 넓히는 기회를 얻게 되기를 바랍니다.

오늘 창립하는 서울 LINK로타리클럽은 우리 3650지구 로타리안의 자녀들로 구성된 로타리클럽입니다. 저도 1991년 교동로타리클럽이란 자녀클럽으로 시작했습니다. 다른 클럽과 달리 서로 아무도 모르는 상태에서 시작하기에 처음에는 허승범 회장, 서민채 총무, 전상지 부총무, 신동철 클럽관리위원장의 역할이 아주 큽니다. 앞으로 어떻게 해 나아갈지도 현 회원증강위원장이자 LINK클럽 어드바이저이신 최진욱 총재특별대표께서 잘 안내해주실 것입니다. 오늘 창립이 되었으니 로타리 자녀에 구애받지 마시고 같은 가치를 가지고 있는 친구들이나 후배들을 회원으로 영입하시길 바랍니다.

두 번째 클럽은 박인자 총재특별대표님과, 이수언 회장님께서 탄생시킨 서울 해피포럼로타리클럽입니다. 세 번째는 저희 지구 브라스밴드를 맡아주실 서울 윈드로타리클럽입니다. 김학자 회장님, 감사드립니다.

다음으로는 기업 클럽 순서입니다. 기업클럽이란 3년 전부터 장세호 총재님께서 시작한 계획인데 제가 작년서부터 조금 업그레이드해서 기획했다가 코로나 때문에 진행하지 못하던 신생클럽 창립계획입니다.

세계적으로 ESG를 중시하는 시대가 되었고 많은 기업에 사회공헌 봉사팀이 조직되거나 준비중에 있기에 사회공헌팀이 있는 회사부터 기업 내에 로타리클럽을 만들고자 하였습니다. 기존 사회공헌팀이나 봉사조직이 있는 회사들은 그 조직을 로타리클럽으로 바꾸거나, 그 팀을 베이스로 추가로 봉사를 하고 싶어하는 직원들을 포용하는 것이지요. 회비나 경비는 기업에서 부담하고 회원들은 전 세계 120만 로타리 조직과 글로벌 네트워크와 연계하여 봉사활동을 함으로써 서로 윈윈하는 것이 목표입니다.

아직 사회공헌팀 인원수가 적은 회사는 회사에서 해오던 기존 봉사를 하면서 로타리와 협력하여 지구봉사나 지역봉사를 하고, 또 다른 로타리클럽이나 로타랙트의 도움을 받게 해서 더 다양한 봉사를 할 수 있는 기회를 만들어 드릴 것입니다.

우선 첫 번째로, 코오롱그룹의 서울 원앤온리로타리클럽 일어나주세요. 김승일 회장님, 잘 부탁드립니다. 두 번째로, 회명산업의 서울 HM로타리클럽(Harmony&Mate) 안교억 회장님, 감사합니다. 세 번째, LMS의 서울 나노로타리클럽. 나노는 다 아시지요? 나우주 회장님다운 이름 같습니다. 감사합니다. 네 번째, 메가존의 서울 클라우드나인로타리클럽, 메가존과 딱 어울리는 이름입니다. 회사 업무인 클라우드와 단테 신곡의 천국으로 가는 9계단을 말하는데 회사나 클럽 모두가 하늘을 날아갈 것 같습니다. 마지막으로, 삼일제약의 서울 HC로타리클럽입니다. Human Care의 약자입니다. 삼일제약 허승범 회장님은 이번 자녀클럽인 서울 LINK로타리클럽의 초대회장이기도 하십니다. 서울 HC로타리클럽 유담향 회장님과 회원들을 소개합니다. 여러분들의 로타리클럽이 사회공헌의 새로운 가치를 경험하는 훌륭한 봉사단체가될 것으로 믿습니다. 끈끈한 유대와 보람 있는 활동으로 클럽 역량을 키워가면서 우리 사회에 로타리의 저변 확대를 도모하는 모범사례가되어주기를 당부드립니다.

여러분, 마지막으로 재미있는 얘기 하나 해드리고 인사를 마치겠습니다. 세상에서 가장 무섭지 않은 사람이, "두고보자"는 사람이고, 가장 믿을 수 없는 사람이 "성공한 다음에 보자"는 사람이라고 합니다.
봉사는 결코 성공한 다음에 하는 선행이 아닙니다. 돈 많이 번 다음에하는 것도 아닙니다. 봉사는 바로 지금 작은 일부터, 적은 기부로부터시작하는 게 봉사입니다.
여러분들 클럽이 나날이 발전하기를 바라고, 로타리로 인하여 여러분들이 더 윤택하고 행복한 삶을 살아가시기를 기원합니다.

(2022. 4. 21, 신생클럽 합동창립식에서)

기업의 ESG 경영과 연계하여
12개 신생클럽이 탄생했다.
사진은 **마이클 맥거번 RI회장대리**와
이동건 전 RI회장이 참석한
가운데 열린 합동창립식.

● 코로나19 팬데믹과 로타리

날 짜	국내외 일반	로타리 관련
2019. 12. 31	중국, 우한에서 정체불명 폐렴 발생 사실 WHO에 보고	
2020. 1. 20	국내 첫 확진자 발생	지구월례회의 취소(2. 13~)
3. 22	사회적 거리두기 방역방침 시행	
12. 8	영국, 세계 최초 코로나19 백신 접종	존11, 12 화상 차기총재연수회 (11. 1~4, 부산)
2021. 2. 1	국내, 의료진부터 백신 접종 시작 (5인 이상 사적모임 금지, 1. 16)	2021-22 화상 국제협의회 (2.1~10, 제주)
7. 12	거리두기 4단계 격상(사적모임 2인, 오후6시 이후 3인 이상 금지)	총재 이취임식(299명 제한) (7. 1) 지구월례회의, 줌 화상회의로 전환(8월~11월)
9. 1	사적모임 4인, 행사 50인 미만, 3단계 시행	유튜브 '로타리에서 만나요' 개설(9월~)
11. 1	위드 코로나 방역 전환(사적모임 접종완료 10인, 행사 500인 미만)	총재공식방문 시작 (11. 15, 새한양RC)
12. 18	재확산으로 고강도 사회적 거리두기(사적모임 접종완료 4인, 행사 300인 미만)	첫 대면 지구월례회의 (12. 16)
2022. 4. 18	사적모임 10인, 집회행사 300인 미만 제한 해제(마스크 착용 유지)	제60년차 지구대회(4. 22)
9. 26	실외 마스크 의무 전면해제	총재 이취임식(7. 1)

3 Part

나눈 것이
남는다

히딩크와
드림필드

국민들에게 사랑받는 스포츠계 인사들 중에 히딩크 감독만한 사람이 또 있을까 싶습니다. 월드컵 4강 신화의 주역으로서도 그렇지만, 선수와 국민들 마음을 파고드는 리더십은 20년이 흐른 지금도 여전히 기억되고 회자되고 있을 정도니까요. 2002년, 온 국민이 국가대표팀의 13번째 선수가 되어 그와 함께했으니까 그야말로 모두가 하나가 되었던 감동과 기쁨은 두고두고 잊히지 않는 것이지요.

대한민국 국가대표 감독을 마친 그가 고국의 PSV 아인트호벤 감독을 맡아 떠났다가 한일월드컵 1주년에 맞추어 우리나라를 방문하면서 월드컵 경기가 열렸던 도시마다 시각장애인을 위한 풋살전용구장 '히딩크 드림필드'를 짓겠다고 약속했습니다.

이 역시 히딩크다운 발상이었고, 국민들은 그에게 갈채를 보냈습니다.

국민들로부터 받은 사랑을 잊지 않고, 더구나 장애인들을 위해 풋살구장을 짓겠다는 그의 뜻은 감동을 불러일으켰습니다. 그래서 거스히딩크재단이 설립되었고, 제가 드림필드 만드는 일을 돕게 되었습니다. 축구와 전혀 관련이 없는 제가 히딩크 감독과 함께 일하게 된 데에는 아주 우연한 계기가 있었습니다. 이제부터 그 이야기를 전하려고 합니다.

히딩크 찾아
네덜란드로

　　　　　　　　　　히딩크 감독과의 인연은 2003년으
로 거슬러 올라갑니다. 그와의 인연은 제가 아니라 당시 초등학교 5학
년이던 둘째 아들이 그 인연의 단초였습니다.

아들이 그의 열혈 팬이었는데, 히딩크 감독 한번 만나보는 게 일생
일대의 꿈이었습니다. 그러던 중 아들이 CISV(Children's International
Summer Villages) 여름캠프를 가게 되었습니다. 12개 나라의 만10~11
세 어린이가 4주간 함께 생활하며 언어와 문화를 익히는 프로그램인
데, 마침 아들이 그 캠프에 선발되었던 것이지요.

처음 각 나라에 도착하면 리더와 JC, 스태프는 캠프장으로 가서 캠프
준비를 하고, 각 나라의 4명 중 여자 2명, 남자 2명이든 혹은 각 나라
대표단 4명이든 같이 2박3일 홈스테이를 갑니다. 캠프 전에 시차적응
도 하고 문화체험을 하기 위한 것이죠.

그리고 3일 뒤 입소식을 하고 2주간 선생님들의 계획된 프로그램으로 함께 생활하고 2주 뒤 OPEN DAY(외부인들에게 캠프 개방을 하는 날)에서 자기 나라 소개도 하고, 2주간 무엇을 했는지 그 성과를 초대된 분들께 발표하는 시간을 갖습니다. 이후 자기가 2주 동안 친해진 친구들과 짝을 이루어 다시 2박3일 홈스테이를 갑니다.

돌아오면 2주간은 어린이 대표단들이 프로그램을 직접 정해 함께 생활하게 됩니다. 이 나이의 어린이들은 서로 언어가 달라도 금세 다 통하고, 인종이나 종교가 달라도 이해상충이 없습니다. 캠프에 다녀오면 다른 나라 친구들에 대한 편견도 없어지고 어디에 가도 무엇이든 할 수 있는 자신감이 생기고, 그 경험에서 우러나는 자신감이 향후 살아가는 데 큰 자산이 됩니다.

그해 캠프가 열리는 나라가 여러 나라였는데 아들은 당시 벨기에로 배정받았습니다. 그런데 아들의 꿈이 이루어지려고 그랬는지 결국 네덜란드 암스테르담으로 떠나게 되었어요. 출국 전부터 녀석의 머릿속에는 온통 히딩크 감독을 만날 생각뿐이었죠.

암스테르담에 도착해 2주간의 캠프를 마치고 나서 러시아, 멕시코 친구와 3명이 같이 홈스테이 가정에 묵게 되었습니다. 아들은 그 집 부모님한테 밑도 끝도 없이 부탁하였습니다. 히딩크 감독을 꼭 만나게 해 달라고. 녀석의 소원이 너무 간절한 걸 알게 된 홈스테이 아주머니가 백방으로 노력한 끝에 아인트호벤 구장에서 드디어 히딩크 감독까지 만나게 되었습니다.

말 그대로 이역만리, 머나먼 암스테르담에서 감격적인 해후를 한 아들은 준비해간 셔츠에 히딩크의 사인을 받아안고 돌아왔습니다. "꿈은 이루어진다"는 붉은 악마 캐치프레이즈처럼 그 꿈을 이루었던 것입니다.

그런데 그 기쁨도 잠시, 서울로 돌아온 아들녀석에게 엄청난 사단이 벌어지고 말았습니다. 빨랫감을 정리하던 아주머니가 검정색 낙서로 지저분한 티셔츠를 빨고 또 빨아서 하얗게 만들어버렸던 것이지요. 히딩크 사인을 몰라 보았던 것입니다. 결국 아들이 네덜란드에서 받아와 애지중지하던 사인 티셔츠가 이렇게 허무하게 사라져버리고 말았던 것이죠.

티셔츠를 하루아침에 날려버린 녀석은 하늘이 무너진 듯 난리가 났습니다. 암스테르담에 가서라도 다시 사인을 받아와야 한다는 것이었지요. 그 성화에 시달리던 아내가 사인을 다시 받아주겠다고 약속한 후에야 아들을 진정시킬 수 있었습니다.

그렇지만 아내라고 해서 뾰족한 수가 있는 것은 아니었습니다. 아들을 달래려고 당장 약속은 했으나 아내의 고민이 깊어갈 수밖에 없었죠. 더구나 히딩크 감독이 우리나라에 있는 것도 아니고, 무슨 수로 그를 만나 사인을 받을 것인가?

다행히 2003년 한국에서 피스컵이 열리게 되었고 아내는 엘리자베스 피나스와 선이 닿아 안내를 맡게 되었고, 약속대로 히딩크 감독의 사인을 받아다 주었습니다.

피스컵에서 우승을 하고 나서 히딩크 감독이 제가 하는 파파존스 피자가 먹고 싶다고 해서 저도 히딩크 감독이 묵고 있는 호텔에 양해를 얻어 파파존스 피자를 왕창 들고 갔습니다.

물론 사인을 받을 모자와 빈 박스도 많이 가져가 직접 사인을 받았죠.

지금도 초기 매장에 가면 히딩크 감독의 사인들이 전시되어 있습니다.

충주 성심맹아원에 1호
드림필드를 개장하는 날
파파존스 매직카 앞에서.

드림필드,
12번째 구장까지

　　　　　　　　이런 우여곡절이 있어서 우리 가족
은 한국을 찾은 히딩크 감독과 엘리자베스 피나스 부인을 처음 만나게
되었습니다.

우리 피자가 너무 맛있다며 칭찬에 칭찬을 하던 그가 파파존스 광고
모델을 하겠다고 먼저 제안하고 나섰습니다. 모델 조건은 자신의 TV
모델료로 드림필드를 지어달라는 것이었습니다. 월드컵 개최도시를
중심으로 전국 12개 도시에 시각장애인 전용 풋살구장을 짓겠다고 했
습니다.

갑작스러운 제안에 당황스러웠습니다. 아직 파파존스가 전국 매장이
다섯 손가락으로 셀 정 정도로 작은 회사라 드림필드를 지을 힘이 없
으니 회사가 성장하면 해보겠다, 하고 얘기했지요.

사실은, 그전엔 풋살구장이 무엇인지도 몰랐고, 풋살구장을 짓는 데

비용이 얼마나 드는지, 또 그 방법과 절차는 어떻게 되는 것인지 막연했기 때문에 확답해줄 수가 없었습니다.

이 드림필드 계획은 원래 부인의 아이디어였습니다. '당신이 한국 국민들로부터 큰 사랑을 받았는데, 이제는 그 사랑을 되돌려주어야 하지 않겠느냐?' 하며 소외계층에게 도움을 줄 수 있는 봉사를 해보자고 제안했다는 것입니다.

언론에도 알려졌듯이 엘리자베스 피나스는 따뜻하고 배려심 깊은 분입니다. 한국에 머물 때도 장애 어린이들을 자주 찾아가 봉사하고 도왔던 일이 있었습니다. 그래서 장애 청소년들을 위해 뜻있는 사업을 하자는 드림필드 계획도 그분이 제안하였던 것입니다.

히딩크 드림필드 계획은 히딩크재단, 아이들과미래재단, 파파존스가 손잡고 3년 뒤부터 구체화하기 시작했습니다.

2007년 7월, 첫 번째 히딩크 드림필드 구장이 충주 성심맹아원에 세워졌습니다. 성심맹아원에서 부지를 제공하고 코오롱 등 여러 후원사의 도움으로 1억 원을 들여 40미터×26미터 규격의 풋살전용구장을 지었습니다. 준공식에는 당시 러시아 국가대표팀 감독으로 가 있던 히딩크 감독이 참석해 테이프를 끊었고, 식후에는 시각장애 어린이들과 함께 어울려 와이셔츠가 땀에 젖을 정도로 뛰어다니며 게임을 했습니다. 장애인과 청소년들을 생각하는 그의 진심이 느껴지는 광경이었습니다.

이어서 2008년에는 포항시 한동대학교 내에 2호 구장을, 이듬해에는 수원시 경기도장애인종합복지관에 3호 구장을 연달아 개장했습니다.

그리고 2014년, 서울 덕성여대에 12호 드림필드까지 준공했습니다. 8년에 걸쳐 히딩크가 약속한 마지막 구장까지 모두 짓게 되었던 것이지요.

히딩크 감독이 꿈꾸었던 13번째 드림필드는 북한의 평양이었습니다. 그러나 여러 여건상 쉽사리 이루어질 일이 아니었지요. 그러므로 평양에 드림필드를 짓겠다는 계획만큼은 아직도 미완의 약속으로 남아 있다고 하겠습니다.

이처럼 히딩크 드림필드는 장장 10년에 걸쳐 지속된 아름다운 사회공헌 사업이었습니다. 히딩크 열성 팬이었던 제 아들이 연결고리가 되어 맺어진 인연이 드림필드 사업까지 이어지게 되었으니 제 입장에서 보면 그간의 과정이 한 편의 동화 같다는 생각이 듭니다.

그동안 드림필드 준공 개장식 때에는 히딩크 감독 내외가 늘 참석했고, 히딩크는 안대로 눈을 가리고 시각장애 청소년들과 함께 공을 찼습니다. 또 이들 구장에서 전국시각장애인축구대회가 열리기도 했습니다.

월드컵 4강의 감동이 드림필드를 통해서 계속 이어진 것이고, 또 드림필드가 시각장애 청소년들에게 용기와 희망을 심어주고 있다고 하겠습니다.

"Dreams come true."

장애인이나 청소년들이 자신의 꿈을 펼칠 수 있도록 꿈의 씨앗을 뿌리는 사람이 필요합니다. 히딩크 감독과 함께 그러한 일에 힘을 보탰다는 사실은 지금 생각해보아도 가슴 뿌듯한 추억입니다.

2007년 충주 성심맹아원에
1호 드림필드 준공식을 마치고
청소년들과 경기하고 있는
히딩크 감독.

2009년, 전주시 전북장애인종합복지관에
4호 드림필드를 개장했다.

제1호 드림필드 준공식을 마치고
서울에서 히딩크 감독 부부와
저자 부부.

스페셜올림픽과 발달장애인

"WeThe15"이란 캐치프레이즈가 있습니다. 전 세계 인구의 15%가 장애인이란 뜻을 담고 있습니다. "위 더피프틴"은 WHO(세계보건기구)가 2021년부터 전 세계 12억 명에 달 하는 장애인에 대한 인식을 새롭게 하고 그들의 인권향상과 인식개선 을 위해 다같이 노력하자는 캠페인입니다.

요즘은 장애인을 대하는 우리 사회의 시선도 많이 바뀌었다는 사실을 느끼게 됩니다. 아마도 차별과 편견의 벽이 허물어지기 시작한 첫 계 기는 1988년 서울올림픽이 아니었나 싶습니다. 올림픽에 뒤이어 우리 나라 최초로 서울장애인올림픽(패럴림픽)이 열렸는데, 이를 계기로 장애 인에 대한 사회적 인식이 서서히 바뀌기 시작했다고 봅니다.

제가 장애인을 가까이하게 된 것은 중학생 시절이었습니다. 우리 반에 전신마비 친구가 있었지요. 목 아래로는 전혀 움직이지 못했는데, 누군가 도와주지 않으면 한 걸음도 뗄 수 없는 장애가 있었지요. 어린 나이였지만 장애니 비장애니 따질 것도 없이 그저 같은 반 친구니까 자연스럽게 등하교를 도와주면서 그 친구의 손과 발이 되어주었습니다.

그로부터 30여 년이 지나 2015년, 스페셜올림픽 단장을 맡게 되었는데 그 시절 추억이 되살아났습니다. 중학생 시절 그 친구와 함께 지냈던 일이 저에게 장애인에 대한 편견을 갖지 않게 해주었고, 장애인과 더불어 살아가야 한다는 가치관을 심어주었구나 하는 사실을 깨달았습니다.

제 경험에 비추어볼 때 어린 시절부터 장애인과 함께하는 기회를 갖게 되면 장애인에 대한 편견도 생기지 않고 장애인과 비장애인이 더불어 살아야 한다는 인식이 자연스럽게 생긴다고 봅니다.

근래에는 장애인 체육이 활성화되어 여러 대회가 열리고 있습니다. 가장 널리 알려진 패럴림픽은 물론이고 스페셜올림픽, 데플림픽(1924년 창설된 청각장애인 국제경기대회), 인빅터스 게임(2013년 창설된 세계상이군인 체육대회) 등이 있습니다. 스페셜올림픽이란 다운증후군을 포함한 지적발달장애인 선수들이 참가하는 대회입니다. 1968년, 유니스 케네디 슈라이버(Eunice Kennedy Shriver)가 만든 국제대회이지요. 이젠 고인이 되셨지만 이분은 미국 제35대 대통령 존 F. 케네디의 여동생이자 사회사업가입니다.

전 세계 222개 회원연맹이 있는 스페셜올림픽위원회는 국제올림픽위원회(IOC)가 인정한 '올림픽'이라는 명칭을 정식으로 사용하는 유일한 대회입니다.

발달장애인들에게 스포츠 저변을 확대해 잠재력을 발휘하도록 하고
비장애인들과 통합스포츠 활동을 함으로써 사회적응력을 높여 나가도
록 하기 위한 대회입니다. 1968년 미국 시카고에서 제1회 세계대회가
열렸고, 2년마다 하계 및 동계 대회가 번갈아 개최되고 있습니다.

핑크색 머리의
소녀

스페셜올림픽 선수단을 이끄는 일은 예상치 않은 어려운 일들이 벌어지곤 합니다. 하지만 땀 흘린 만큼 감동과 보람이 있으므로 힘들더라도 좀 더 뛰게 됩니다.

청소년들이 서서히 발전해가는 모습, 자신의 목표를 이루고 좋아하는 모습을 보면 얼마나 뿌듯한지 모릅니다. 저의 노력 하나하나가 발달장애인들 성장에 디딤돌이 되고 있다는 사실은 더할 수 없는 보람입니다. 이러한 면에서 로타리 봉사와 스페셜올림픽은 공통점이 있습니다. 변화하는 모습을 직접 체험할 수 있으니까요.

대회가 열리는 개최국에서 선수들 식사와 건강관리를 잘 챙기고 각 경기장에서 자신의 기량을 최대한 발휘할 수 있도록 돕다 보면 마치 군사작전을 하듯이 이것저것 챙길 일들이 많습니다. 게다가 한정된 인원과 예산으로 이런 일들을 착오없이 처리해야 하므로 예기치 않은 돌발

사건(?)들이 일어나면 몸이 몇 개라도 감당하기 힘들 정도입니다. 그런데 대회 때마다 그 끔찍한 돌발사건은 쉬어가는 적이 없습니다.

장애인 자녀를 둔 부모님들은 '저 아이보다 내가 하루만 더 살아야 할 텐데…'라는 말을 달고 삽니다. 부모의 도움 없이 살기 힘든 자녀를 생각하면 세상을 먼저 떠날 수가 없으신 것이지요. 제가 선수 엄마아빠들과 같이 지내다 보면 '내가 먼저 세상을 떠나더라도 아이가 잘살기를 바라는 마음' 하나뿐인 그분들의 절실한 마음을 느낄 수 있습니다.

잊을 수 없는 소녀가 생각납니다. 홍콩 대회에서 처음 만났는데, 혼자 열 발자국쯤 걸으면 중심을 못 잡고 쓰러질 정도로 심한 장애가 있었습니다.

그런데 이 선수가 대회 때마다 종목을 바꿔가면서 계속 참가하는 것이었습니다. 그리고 그때마다 머리 색깔이 바뀐다는 것을 알았습니다. 한번은 보라색이었다가 핑크색, 다시 연두색으로, 매번 다르게 염색하기 때문에 눈에 더 띄는 아이였어요.

왜 머리를 튀는 색깔로 염색하는지 궁금해 부모님한테 물어보았습니다. 그랬더니 외국에 나가 혹시 딸을 잃어버릴까봐 튀는 색깔로 염색한다는 것이었습니다. 부모님들이 안고 있는 아픔과 걱정을 가슴으로 느끼게 하는 한마디였습니다.

이 아이가 2017년 오스트리아 동계올림픽에서는 스노우슈잉 선수로, 2019년 아부다비 스페셜올림픽에는 탁구선수로 참가해서 또 만났습니다. 부모님 말씀처럼 머리 색깔이 확 튀기 때문에 단번에 알아보았습니다.

그런데 이 아이가 저를 또 한번 놀라게 하는 것이었습니다. 그 사이 고등학생이 되었는데, 초등학생 때에는 제대로 걷지도 못하던 아이가 이제는 코트를 뛰어다니는 겁니다. 더구나 탁구대에 맞고 튀어오르는 공을 라켓으로 맞추는 능력까지 생긴 것입니다.

깜짝 놀랄 변화를 보며 얼마나 감격했는지 모릅니다. '아, 장애 청소년들이 스포츠를 통해 이렇게 성장할 수 있구나' 하는 사실을 두 눈으로 확실히 보았던 것입니다.

이래서 스페셜올림픽코리아(SOK)에서도 중증발달장애인 운동프로그램(MATP)을 별도로 하고 있습니다. 이처럼 장애 선수들은 성장하고 또 성장합니다. 그리고 비슷한 처지의 장애인, 또는 비장애인 선수와 스태프들과 함께 경기하고 생활하면서 사회적응력을 키워 나갑니다. 그래서 자립생활을 향해 나아가는 것이지요. 사회 속으로 들어가 혼자서 살아가는 법을 익히는 것입니다. 장애인과 더불어 산다는 시민정신이 왜 소중한지 알려주는 사례가 아닐 수 없습니다.

아부다비에서 우리나라 탁구선수단.
오른쪽 세 번째가 핑크 머리의
윤수경 선수.

아부다비,
159명 선수단 입성

                2019년 3월, UAE 아부다비 스페셜 올림픽이 열렸습니다. 이번은 2년마다 열리는 세계하계대회였습니다. 이 대회에도 저는 선수단장으로 참가했습니다. 단장을 여러 차례 맡았었지만, 이번은 가장 큰 규모의 선수단이라 어깨가 더 무거웠습니다. 수영, 육상, 배드민턴, 농구, 보체, 풋살(여자 5인제), 축구(남자 7인제), 골프, 역도, 롤러스케이트, 탁구, 배구 등 12개 종목에 선수 106명, 스태프와 코치, 의료진까지 총 159명의 선수단이 구성되었습니다. 역대 최대 규모의 선수단이었습니다.

3월 8일부터 21일까지 14일간의 경기 일정, 선수단 숙소도 아부다비와 두바이로 각각 분산되어 있어 업무도 두 배로 늘어났습니다. 김세헌, 이윤혁 부단장과 헌신적인 코치들, 특히 휴가를 내고 선수단 닥터를 맡아 슈퍼 능력을 발휘한 김계형 서울의대 교수… 이런 분들의 도움으로 고비에 고비를 넘기며 전 일정을 무사히 마칠 수 있었습니다. 참가 선수들도 다른 나라 선수들과 잘 어울리며 금메달 42개를 포함하여 총 120개의 메달을 안고 돌아왔습니다. 그때의 감동을 되새기면서 아부다비 대회를 회상해보려고 합니다.

3월 6일 새벽, 선수단장(HOD) 사전미팅 관계로 아부다비에 먼저 도착했습니다. 오전 3시, 아주 이른 새벽에 호텔에 들어섰지요. 작년 10월에도 머문 적이 있어서 낯설지 않았고, 심지어 체크인을 도와주는 프런트 직원이 저를 기억하고 있어서 집에 돌아온 것 같은 편안한 마음으로 일을 시작할 수 있었습니다. 대부분의 각국 단장들과 현지 스태프들은 이미 안면이 있는 분들이 많아서 일정을 순조롭게 소화했습니다. 그렇지만 역시 예상치 못한 첫 번째 난관에 부딪혔습니다.

우리 선수단과 저를 도와줄 현지 DAL(Delegation Assistant Liaison) 배정에 차질이 생겼습니다. 우리에게 4명이 배정돼 있었는데, 달랑 한 명만 와서 인사하는 것이 아니겠어요? 그 당황스러움은 말할 수가 없었지요. 우리는 선수단 규모도 크고, 선수단이 묵는 숙소도 아부다비 세 곳, 두바이 한 곳으로 나뉘어 있기 때문에 최소 4명에다 단장 어시스턴트까지 총 5명이 필요한데 말입니다. 그런데도 현지 사정상 4명만 배정된 데다가 그중에서도 2명은 끝내 나타나지 않았던 것이지요.

해외에서 우리 선수단의 가장 큰 문제는 언어 소통입니다. 선수단뿐만 아니라 코치들 역시 외국어 소통이 어렵기 때문에 DAL의 역할이 얼마나 중요한지는 두말할 여지가 없죠. 그래서 DAL이나 통역요원이 너무 절실했는데 단 2명만 배정되었으니 대회 시작 전부터 난감한 상황이 벌어졌던 것입니다.

2명의 DAL, 쿠르드와 사라 그리고 대사관을 통해 모집해 합류한 김태형 씨까지 모아서 급한 불을 껐습니다.

여기에 모든 스태프와 부단장들까지 통역으로 나섰습니다. 다행스럽게도 1인3역의 능력을 발휘하는 쿠르드와 사라 덕분에 큰 문제 없이 잘 마칠 수 있었습니다. 이들은 하느님께서 보내주신 은인이었는지도 모릅니다. 2명의 DAL과 부단장들, 스태프 분들의 노고에 감사를 드릴 뿐입니다.

좋은 일과 나쁜
일은 함께 다닌다

우리 선수들 이야기를 소개하기 전
에 스페셜올림픽 호스트타운에 대하여 설명을 드리지요.
스페셜올림픽에서는 대회 개막 전 3박4일간 호스트타운 프로그램이
준비되어 있습니다. 선수들이 시차에 적응하면서 현지 문화 체험을 할
수 있도록 배려한 것입니다.
UAE(The United Arab Emirates)는 나라 이름에서 알 수 있듯이 7개 토후
국 연합이라서 이번 대회에서는 호스트타운이 아니라 호스트컨트리
개념으로 7개 도시로 나뉘어 있었습니다. 우리는 지난해 10월 추첨을
통해 두바이를 배정받았습니다. 물론 우리나라 국적기가 두바이만 운
항하는 이유도 있었지만 우리의 호스트타운이 이곳인 관계로 아부다
비가 아닌 두바이 공항으로 입국하게 되었습니다.
3월 8일 오전 5시 30분, 대표단 1진이 두바이 공항으로 입국해 두바이

월드 트레이드센터 노보텔에 짐을 풀고 스태프들과 시내 관광을 했습니다. 본진이 들어오는 오후 6시 30분부터는 모두가 쉴 틈이 없고 자유시간이 어떻게 될지 모르기 때문에 UAE에 처음 온 스태프들을 위해 두바이 게이트와 세계에서 가장 비싼 호텔이라는 버즈 알 아랍을 구경했습니다. 그 당시 세계 최고층(828미터) 빌딩이던 부르즈 칼리파 타워에 올라 시내를 내려다보면서 이번 대회를 무사히 잘 마치게 해달라는 기도를 드렸습니다.

저녁에 다함께 공항에 나가 본진을 맞으면서 아부다비 대회의 본 일정이 시작되었습니다. 항공편이 예정 시간보다 1시간 이상 연착해 7시 40분 본진이 도착했으나 모두 건강한 모습이었습니다. 다같이 호텔로 이동해 늦은 저녁을 함께하였습니다.

다음날 오전은 휴식을 갖고 오후에는 모션게이트라는 놀이동산에 갔습니다. 팀별로 나누어 자유시간을 가졌는데 다들 너무 재미있어 시간 가는 줄 모르고 있다가 그 가운데 한 팀이 집합 시간을 지키지 않아 이미 버스에 타고 있던 팀들까지 호텔에 늦게 도착하게 되어 자숙의 시간을 보내기도 했습니다.

3월 10일 오전, 우리 선수단은 인도와 우즈베키스탄과 함께 Amity 대학을 방문하여 환대를 받았습니다. 우리 선수들이 그 답례로 싸이의 '강남스타일'을 불러 박수를 받았습니다.

오후에는 전 세계 국가들이 모여 공연하는 글로벌 빌리지를 찾았습니다. 저녁식사를 하면서 공연을 관람했는데, 두바이에 배정된 선수단들이 많아 이동하는 데 시간이 너무 지체돼 애로가 많았습니다. 하지만 코치들이나 선수들이 팀별로 시간을 정확히 지키는 등 일사불란하게 움직여주었습니다. 수송을 담당한 두바이 스태프들이나 호텔 측에서도 우리 선수단의 이같은 모습을 보고는 찬사에 찬사를 보내주었습니다.

이렇게 선수들이 서서히 현지에 적응해가는 동안에 예기치 못한 여러 상황들이 일어나 우리를 긴장시켰습니다. 선수들 대부분이 해외 경험이 많지 않은 관계로 그럴 수밖에 없었지요. 호텔에서 나오는 뷔페가 너무나 훌륭했는데 선수들이 먹는 것에 욕심이 많아 배탈 환자가 많았고, 일몰 뒤 기온이 뚝 떨어져 아픈 선수들이 속출했습니다. 하지만 그때그때 우리 스태프들이 능숙하게 대처하는 모습을 보고 두바이 스태프들도 감탄하는 것 같았습니다. 그래서 3월 10일부터는 우리 대표단에 대해서는 거의 자율적으로 움직이는 것을 허용해주었고, 이러한 우호적인 방침은 폐막식 때까지 내내 이어졌습니다.

3월 11일, 드디어 아부다비로 입촌하는 날이었습니다. 수영과 육상팀만 두바이 노보텔에 남고, 골프팀은 Radisson 호텔로, 남녀 축구팀은 City Seasons 호텔, 그리고 나머지 9개 종목 선수들은 저와 함께 Park Rotana 호텔로 입촌했습니다. 아침부터 분주했지만 첫날은 다른 일정이 없어 선수들한테 시내 관광을 시켜주고 싶었는데 버스 대절 문제로 포기하고 말았습니다. 또 4시 30분부터 시작되는 종목별 코치 미팅 때문에 무리하지 않기로 했지요. 그런데 지성이면 감천이라는 말처럼 이틀 뒤 우리 대사관에서 오찬을 초대해주는 바람에 버스편이 생겨 제가 대표단에게 꼭 보여주고 싶었던 셰이크 자이드 그랜드 모스크를 보여줄 수 있게 되었습니다.

아부다비 최대 규모의 이 모스크는 82개의 흰색 돔과 탑으로 되어 있는 웅장한 건축물입니다. 내부는 감탄사가 절로 나올 만큼 아름답고 화려하지요. 아부다비에 왔다면 꼭 가봐야 할 명소입니다.

제가 그렇게 소원했던 바를 이뤘는데 스태프 한 명과 코치 한 명이 빠지게 되었습니다. 김경지 육상 코치가 맹장염으로 갑자기 입원하는 돌발사태가 일어났기 때문이었습니다.

그런데 환자가 보험도 안 되는 먼 지방병원에 입원했다는 소식을 들었습니다. 저는 두바이에서 수술을 받으라고 했는데 군이 왜 먼 병원까지 갔는지 이해할 수 없었죠. 게다가 대표단의 유일한 전담 닥터인 의사선생님이 제 말을 듣지 않고 환자 곁을 떠날 수 없다는 직업적인 고집을 부려 대신에 제일 젊은 스태프 한 명을 병원으로 보내 의사선생님이 돌아오도록 조치했습니다. 선수들 중에도 환자가 천지인지라 한 명뿐인 의사가 멀리 있어서는 안 되었기 때문이었죠.

저는 또 수술비 걱정이 컸습니다. 그래서 병원으로 가는 스태프에게 제 개인 카드를 주면서 병원비가 많이 나올 테니 우선 이걸로 해결하라고 했습니다.

나중에 알게 되었는데 이 지방병원이 쉐이크 칼리파 왕립병원이며, 우리 서울대 의대에서 관리하고 있다는 것이었습니다. 그걸 알고 나니 육상 코치가 두바이가 아니라 왜 멀리 떨어진 지방병원까지 갔었는지 그 이유를 알게 됐습니다. 그리고 수술비도 모하메드 빈 자이드 알 나흐얀 아부다비 왕세자가 다 내주었구요.

이렇게 숨가쁜 시간이 흐르고 비로소 우리 선수들 모두 건강한 모습으로 대회 개막식에 참석하게 되었습니다.

사라와
쿠르드

아부다비에서 스페셜올림픽에 얼마나 세심하게 배려했는지는 대회 기간 내내 느낄 수 있었습니다. 우리가 묵는 호텔들은 5스타 호텔들이었고, 뷔페 음식들도 아주 훌륭했습니다. 특히 Hotel Park Rotana의 Ashok 지배인은 손수 나서서 우리 대한민국 선수단을 배려해주었습니다. 낯선 나라에서 한국을 좋아하는 분들을 곳곳에서 만나니 가슴 뿌듯하고 기분이 좋았습니다. 한류가 세계 방방곡곡까지 퍼져 있다는 사실을 실감했습니다. 모두가 한류 덕분입니다.

3월 12일과 13일은 대부분 경기장에서 디비져닝을 가졌습니다. 디비져닝이란 선수들 기량을 사전평가 하여 수준별로 그룹을 나누는 과정입니다.

12일 첫날은 버스가 모자라 이동에 차질이 생겼습니다. 그러나 아부다비 왕세자의 배려로 13일부터는 버스 문제가 바로 해결될 수 있었습니다.

또 한 가지 문제는 통역 인력의 부족이었습니다. 스태프가 12명이나 되었으나 경기 외적인 업무를 하는 스태프가 많아 경기장에서 선수들을 도와줄 사람이 부족했지요. 실제로 선수들을 도와줄 스태프가 문화 예술 포함 8명이었는데, 우리 선수단이 4개 지역 호텔에 분산되어 있고 출전한 종목도 12가지나 되니까 역부족이었던 것이죠. 또 일부 코치분들의 영어 구사능력에 한계가 있어 코치 미팅이나 디비져닝 때마다 단장인 저뿐만 아니라 의사선생님까지 총동원되어야 했습니다.

미리 예견했던 문제라 작년부터 아부다비에서 자원봉사자들을 모집해 적극 활용하려고 계획했습니다만 이것도 여의치 않았습니다. 아직도 우리나라는 외국 교포들이라도 자원봉사에 대한 관심이나 이해가 낮기 때문이었습니다. 우리보다 적은 선수들이 참가한 나라들은 현지 봉사자들이 몇 명씩 참여하는 것을 보면 더욱 아쉬운 생각이 들었지요. 자원봉사문화 정착은 아마 시간이 좀 더 걸려야 할 것 같았습니다.

하지만 우리는 통역하는 김태형 씨를 만나 엄청난 도움을 받을 수 있었습니다. 그것도 현장에서 우연히 만났는데도 말이죠. 그리고 다시 말하지만 사라와 쿠르드, 뛰어난 능력을 갖춘 두 명의 슈퍼우먼의 도움을 받았습니다. 이전 홍콩 대회에서도 PB라는 DAL의 도움을 많이 받았던 적이 있었는데, 제가 인복이 있는지 이번에도 사라와 쿠르드가 몇 사람 몫을 해주었습니다. 처음부터 끝까지 이 두 사람은 대한민국 대표단의 그림자처럼 한몸이 되어 움직여주었습니다. "정말 고마웠어요, 사라와 쿠르드!"

사실은, 가장 절실한 통역 문제를 해결하려고 진작부터 사전작업을 하고 있었습니다. 아부다비 대사관과 두바이 영사관, 문화원, 교민회까지 총동원해서 자원봉사자를 구하거나 DAL로 등록시키는 사전작업을 했음에도 불구하고 결과가 미미했던 것이지요. 그 결과로 우리가 최소 8명의 DAL을 요청했는데 4명만 배정되었고, 그나마 이가운데 한국 학생을 포함한 2명의 DAL은 처음부터 나타나지도 않았던 것입니다. 우리의 절반도 안 되는 규모의 국가가 4명씩 배정받는 걸 보고 많이 서운했었지요. 그렇지만 사라와 쿠르드 양은 거의 8명의 몫을 해냈습니다. 대단하지요?

3월 12일, 저도 부족한 탁구 코치를 맡아 디비져닝과 코치 미팅을 따라다녔고, 13일 오전에는 Unified Golf(통합골프) 경기에 홍콩 선수의 캐디 겸 파트너로 참가했습니다. 통합골프란 장애인 선수와 비장애인이 함께 경기하면서 서로를 알아가는 스페셜올림픽 특유의 프로그램입니다. 이 경기는 잘 알려지지 않아서 그렇지, 한번 같이 해본 분들은 발달장애인들과 통합스포츠와 사랑에 빠지게 됩니다.

이번 통합골프는 세계 100대 골프 코스로 꼽히는 야스 링크스(Yas Links) 골프클럽에서 열렸습니다. 우리 선수들도 6명이나 참가했는데 그들과 한 팀이 되지 못해 아쉬움이 컸습니다. 통합골프에 나가느라 Health Athletes 커튼식에는 참석하지 못하고 곧바로 HOD(단장) 미팅에 갔다가 에미리트 팰리스에서 하는 조직위 리셉션으로 갔습니다. 제가 이 리셉션에 참석하는 이유는 앞으로 시작되는 경기에서 우리 선수들이 불이익을 받을 경우 도움을 줄 사람들을 파악하고 미리 인사를 나누기 위해서였습니다. 단장으로서 참가했던 지난 두 대회에서 그런 경험이 있었거든요. 초대된 인사들만 오기 때문에 아주 적절한 자리라고 하겠습니다. 앞으로도 단장을 맡은 분은 꼭 참석해야 할 자리입니다. 이날엔 한국이 낳은 세계적인 디바 조수미 씨도 참석해 자랑스러웠습니다.

통역봉사자(DAL)로
맹활약한 쿠르드(왼쪽),
사라 양과 함께 폐막식에서.
(작은 사진) 홍콩대회 때
통역 봉사를 해준 PB 양.

두바이 공항으로 입국한
대한민국 선수단 1진.

입촌식 전, 아미티대학에서 싸이의 '강남스타일'
노래에 맞춰 춤추고 있는 선수들.

팀 슈라이버 SOI회장과 함께.
맨 왼쪽은 축구의 조이슬 코치,
오른쪽은 정숙이 선수와 저자.

아부다비의 명소,
셰이크 자이드 그랜드 모스크를
관람한 선수단.

선수단의 자칭
'미녀' 코치들의 밝은 모습.

육상선수들과 함께. 맨 왼쪽이 **퇴원후**
첫 모습을 보인 김경지 코치,
오른쪽 끝이 **박재민 감독.**

통합골프에 캐디 겸 파트너 선수로 출전,
홍콩 선수(파랑 모자)와 한팀이 되었다.
오른쪽은 UAE 선수와 호주 파트너.

코카콜라 주최 연회에서.
왼쪽부터 **김대경 사무차장, 김병덕 회장 부인,
박인숙 의원, 조수미 성악가, 고흥길 SOK회장,
김병덕 동아시아(SOEA) 회장, 저자.**

아부다비 한국대사관 앞에서 선수단 기념사진.

선수 모두가
메달리스트

개막식 날이 밝았습니다. 오늘은 특별히 UAE 한국대사관에서 우리 선수단을 초청해 오찬을 하는 약속이 잡혀 있었습니다. 지난 10월, 박강호 대사를 찾아뵙고 멋진 우리나라 대사관에서 우리 선수들을 격려해주면 좋겠다고 부탁했던 행사라 더욱 뜻깊은 자리였습니다.

우리 선수들이 간만에 한식을 먹을 수 있을 뿐만 아니라 아주 멋진 우리 대사관을 구경하면서 대한민국 선수단이란 자부심을 느끼고 올림픽에 더 매진하자는 용기를 북돋으려고 계획한 프로그램이라 더 의미가 컸습니다. 박강호 대사, 이준호 문화원장의 각별한 노력으로 너무도 근사한 오찬 행사를 가졌습니다. 더구나 박인숙 국회의원까지 동참해주셔서 더 빛이 났던 것 같습니다.

앞서 잠깐 말씀드렸지만 선수들이 개막식 전에 아부다비의 상징인 세이크 자히드 모스크를 단체 관람할 수 있어서 행복했습니다. 그리고 시간에 맞춰 개막식이 열리는 자예드 스포츠시티 스타디움에 도착해 5만 관중의 박수를 받으며 입장했습니다.

맹장염 수술을 받은 김경지 코치는 같이 입장하지 못했지만 다행히 회복하여 퇴원했고, 곁을 지켰던 막내 이남형 스태프도 성대한 개막식에 참석했습니다. 그런데 웅장한 개막 행사가 너무 길었던지 축구의 김연순 선수가 열 탈진 현상으로 쓰러져 급히 숙소로 돌아갔습니다. 전담 닥터 김계형 선생님과 DAL 쿠르드의 헌신적인 역할이 감사했습니다. 또, 골프 송기보 선수도 탈진으로 서둘러 복귀하게 되었는데 송 선수는 항상 열정적인 윤보라 스태프가 도와주었습니다.

지난번 글로벌 빌리지 행사에서 육상 이한울 선수가 쓰러져 조기 복귀했던 일이 다시 연달아 일어났던 것이지요. 웅장하고 멋진 개막식이 이렇게 안팎으로 경황없이 막을 내리고 선수단은 내일의 경기를 위해 호텔로 돌아가 깊은 잠에 빠졌습니다.

3월 15일, 드디어 경기가 시작됐습니다. 그토록 꿈꾸었던 열정의 시간, 희망의 레이스가 시작되었습니다.

첫 경기는 여자 풋살이었습니다. 이 선수들과 저는 지난해 시카고에서 정이 들어서 너무나 가까운 사이였습니다. 마치 제가 필드에서 뛰어다니는 기분으로 목청껏 응원을 보냈습니다. 경기가 없던 남자축구팀과 골프팀도 찾아와 다함께 응원을 했습니다. 사막의 나라에서 가랑비가 내리는 축복 받은 날, 수빈이의 해트트릭으로 피지를 3대1로 가볍게 이겼습니다.

이어서 농구, 배드민턴, 탁구 그리고 배구 경기장을 차례로 찾아가 응원했습니다. 개막공연을 해준 조수미 씨도 함께 응원해 주시구요. 이렇게 뛰어다니다 보니 이날 하루만 2만 보 넘게 걸었더군요.

첫 메달은 롤러의 박하은(금) 선수를 시작으로 금메달 12개를 포함 23개의 메달이 우리 선수들 목에 걸렸습니다. 첫날부터 성적이 아주 좋았습니다. 물론 스페셜올림픽에서 순위는 중요하지 않습니다. 참가한 선수 모두가 이미 금메달리스트이기 때문입니다.

저녁에는 두바이에서 쓰러졌던 정숙이 선수와 풋살의 조이슬 선생님과 함께 SOEA 리셉션에 갔다가 마침 팀 슈라이버 SOI 회장과 기념사진을 찍었습니다. 이번에 멋진 단복을 만들어준 코오롱에 감사드려요. 정말 멋졌습니다.

그리고 저는 아랍에미리트 팔래스 호텔에서 열리는 Founder's Reception에 조직위 행사와 같은 목적으로 참석했습니다. 이 행사에는 박인숙 국회의원과 문체부, 서울시 관계자 여러분들도 많이 참석했습니다.

메인 스폰서인 코카콜라가 스폰해서 저는 초대 대상이 아니었지만 코카콜라아시아 Curt 사장이 친구라서 참석할 수 있었습니다. 리셉션이 끝난 후에는 서울스페셜올림픽 장승호 이사 부부와 이 호텔의 명물인 금가루 커피를 마시며 이야기를 나누었습니다.

이 호텔은 몇 번을 봐도 정말 멋진 호텔입니다. 음식도 훌륭하구요. 원래 왕궁으로 짓다가 왕께서 호텔로 바꿔 일반 관광객들이 묵을 수 있게 되었다는데 모든 게 상상 이상입니다.

3월 16일 둘째 날, 이날 저한테 주어진 첫 임무는 탁구 코치였습니다. 단장이 코치를 맡는다니까 의아하실지 모르겠지만 어쩔 수 없는 상황이 벌어졌기 때문이었습니다. 코치가 두 명인데 시합이 동시에 3게임이나 있는 바람에 남녀 탁구의 이동근, 김경숙 코치가 한 게임씩 맡고 제가 김덕영 선수를 담당하는 코치로서 배석했던 것이지요. 다행히 코치 두 분이 저를 이길 가능성이 높은 김 선수 쪽에 배정해주었기에 상대를 세트 스코어 2대0으로 꺾고 가벼운 마음으로 코트를 나올 수 있었습니다. 초보 코치로서 성공적인 데뷔를 한 셈이었다고 할까요?

서울에서 온 나경원, 박인숙 의원, 또 스페셜올림픽코리아 고흥길 회장께서도 오셔서 함께 응원해주시니 선수들은 신이 났습니다. 보체 선수들도 경기 중간에 잠깐 시간을 내서 응원을 나왔습니다.

그 사이 남자 축구는 세르비아에 3대0으로 완승했고, 2시간 거리에 떨어져 있는 두바이의 수영 경기에서는 첫 금메달이 나왔습니다.

그러고 나서 다같이 보체 응원을 갔습니다. 이영욱 선수가 신중하게 경기를 했습니다. 롤러의 김대현 선수는 안톤 오노, 미셸 콴과 통합경기(Unified Sports)를 했고요. 여자 풋살팀도 남아공을 2대0으로 이기면서 승승장구… 오늘도 메달은 20개나 땄습니다. 그중 금메달은 2개에 불과했지만 스페셜올림픽에서는 메달 색깔이 중요하지 않으니까요….

저녁에는 어제 리셉션이 열렸던 아랍에미리트 팰리스 호텔 오디토리움에서 공연이 있었습니다. 우리나라의 세계적인 소프라노 조수미와 우리나라 발달장애인 아티스트들이 함께하는 무대였습니다.

"Stand Up for Inclusion" 통합으로 나아가자는 주제로 감동적인 공연이 펼쳐졌습니다. 조수미 씨는 시종 발달장애 아티스트들을 더 돋보이게 하는 조연 역할을 해주었습니다. 멋진 공연이 끝나고 저는 극장장으로부터 아부다비 전통 복장까지 선물로 받았습니다.

공연은 성대하게 잘 끝났으나 이날도 차량 배정이 문제였습니다. 공연이 오후 8시라서 경기장에서 돌아와 옷을 갈아입고 공연이 있는 호텔로 출발하려는데 타고 갈 차가 오지 않았던 것입니다. 마침 친하게 지내던 차량담당 직원이 미안한지 다른 버스를 타고 가라고 권했습니다. 일반적으로 단장에게는 개별 차량이 나오는데, 이곳 아부다비는 시간에 맞춰 공유차량을 쓰게 되어 있었습니다.

직원이 배려해준 차는 스쿨버스였습니다. 어쩔 수 없이 대형 버스에 저 혼자만 타고 가야 했지요. 저는 혼자서 멋쩍게 앉아 있는데 운전기사는 왕궁에 스쿨버스가 들어갈 수 있을지 걱정이 태산이었습니다. 저만 믿고 걱정하지 말라고 안심시켰지요. 출입문 경비에게 제 어깨에 붙은 태극기를 보여주니 무사통과…. 아마 스쿨버스를 타고 이 왕궁에 들어온 사람은 제가 처음이지 않을까 싶었어요. 그것도 달랑 한 사람만 타고서. 참 친절하기도 하고 재미있는 나라입니다.

공연에서 돌아와 밤 11시에 선수단 미팅이 있었습니다. 그리고 자정이 지나 지친 몸으로 침대에 누웠습니다. 하지만 마음은 전혀 힘들지 않았습니다. 여기에 온 이후 처음으로 부상 선수도 없고, 병원에 간 선수도 없는 날이었습니다. 누운 채 오늘 하루를 돌이켜보고 있는데 갑자기 출정식 때 한 말이 떠올랐습니다.

"모두 무사히 함께 돌아오겠습니다!"

아무 탈 없이 완벽한 하루를 보낼 수 있어서 무거운 짐을 내려놓고 나니 머릿속이 맑아지더군요.

저자 전용으로 제공된
스쿨버스 안에서.

스포츠는
세상의 학교

　　　　　　　　　　　　이번 대회는 8일간인데 대부분의 경기는 개막식 이후 3월 15일부터 6일간 아부다비에서 열리고, 우리가 참가한 12개 종목 중 수영과 육상만 두바이에서 열렸습니다. 두바이에서 지내는 선수단에게는 미안한 일이지만 부득이 3월 17일 단 하루만 응원 일정이 잡혀 있었습니다.

이른 아침, 김병덕 동아시아(SOEA) 회장 내외분과 같이 두바이로 출발했습니다. 맨 처음 간 곳은 Hamdan Sports Complex에서 벌어지는 수영 경기였습니다. 작년 10월, 그 규모에 압도당했던 경기장이었는데, 이번에는 음식과 대접에 또 한번 놀랐습니다.

우리 수영 선수들은 금메달과 은메달, 그리고 4위를 차지했습니다. 훌륭한 성적이었습니다. 4위 선수가 한 명만 더 따라잡았다면 금, 은, 동을 모두 석권하는 건데 아까웠습니다. 실은, 금메달을 예상했던 선수가 입수할 때 수경이 벗겨지면서 당황해하다 좀 늦게 스타트하는 바람에 4위가 되었던 것이니 더욱 그렇습니다. 하지만 스페셜올림픽에서는 8위까지 시상하니 그래도 모두 좋아합니다.

육상 경기장으로 이동했습니다. 이젠 건강해져서 평소보다 두 배로 뛰어다니고 있는 김경지 코치를 만나 꼭 안아주고 선수들과 기념사진도 찍었습니다. 결과는 메달만 8개(금메달 2). 수영과 육상 경기장은 시설이 하늘과 땅 차이였지만 두 곳을 다 가본 사람은 저 혼자이니 참 공평하다는 생각이 들었습니다.

제가 운이 좋은지 이날 우리나라가 딴 18개의 메달 중 11개, 6개의 금메달 중에 3개가 이곳 두바이의 수영과 육상 경기에서 나왔습니다. 스페셜올림픽에 출전한 선수는 이미 인생의 메달리스트라고 하겠지만 세계 여러 나라 선수들과 경합해서 딴 메달이라 더 기쁠 수밖에 없었습니다.

육상 금메달은 개막식 날 탈진해 쓰러졌던 이한울 선수가 엄청난 기록으로 거둔 것이었습니다. 너무 빨리 뛰어서 오히려 실격으로 금메달을 놓칠 뻔했습니다.

기쁜 소식이 많았던 날인데, 이날 제가 두바이에 있는 동안 큰 소동이 벌어지고 말았습니다. 비상 상황이었습니다. 한 선수가 숙소에서 사라진 것이었습니다. 나중에는 해프닝으로 끝났지만 스태프와 코치들의 마음고생이 이만저만이 아니었지요. 경찰까지 동원되고 하마터면 큰일날 뻔한 사건이었습니다.

아부다비 대회는 준비를 철저히 해서 모든 선수들이 GPS 목걸이와 손목시계를 차고 다니도록 했습니다. 그런데 막상 선수가 이탈해 위치를 추적해보니 제대로 작동되지 않았던 것이죠. 차라리 GPS가 없었더라면 금세 찾을 수 있었는데 오히려 그것 때문에 소동이 더 커지고 말았습니다.

찾고 보니 이 선수가 GPS 하나는 흘리고, 하나는 방에 둔 채 건강검진센터에 갔던 것이었습니다. 어제 그곳에서 검진을 받은 선수들에게 예쁜 분홍색 운동화를 선물로 나눠주었는데 이 선수가 운동화를 받지 못해 다시 갔던 것이었죠. 어제 대기 줄이 너무 길어서 못 받았다는 것입니다.

그 사실을 모른 채 잃어버린 선수를 찾으려고 뛰어다니다가 몇 시간 후 건강검진센터 앞에 줄 서 있는 선수를 찾았습니다. 그 선수가 문이 닫힌 경기장에 어떻게 입장했는지는 아직도 알 수 없는 일입니다. 아무튼 가슴 철렁한 사건이었습니다. 스페셜올림픽에서는 시합 전 모든 선수들이 건강검진을 받도록 되어 있습니다. 선수들이 건강검진을 안 받을까봐 다 받으면 선물을 나눠주곤 하는데 그 선물 때문에 벌어진 해프닝이었던 것입니다.

경황없이 보낸 하루였으나 어쨌든 편안한 마음으로 아부다비로 돌아왔습니다. HOD 미팅 관계로 일찍 돌아오는 길이었는데 행사가 취소되어 간만에 북한식당을 들러볼 수 있었습니다.

한바탕 소동이 있었던 날이라 이날 밤 선수단 미팅은 좀 길어졌습니다. 다시 한번 "모두 무사히"라는 구호를 되새겼습니다. 지금도 그때를 생각하면 역도 코치들께 미안한 마음뿐입니다.

3월 18일에는 9시에 시작하는 남자 통합축구 4강전을 응원하러 갔습니다. 그러나 3대0으로 짐으로써 결승에 올라가지 못하고 우리 팀은 3, 4위 결정전으로 밀려났습니다. 상대가 주최국 UAE였는데 워낙 준비를 잘해 실력 차이가 너무 났습니다. 경기 도중 김경석 선수가 왼쪽 무릎을 다쳤는데, 빨리 나아서 덴마크와의 3, 4위전에는 뛸 수 있기를 기원해 봅니다.

그 사이 보체 경기장에서는 유세라 선수가 7대1로 가볍게 승리한 소식이 들려왔습니다. 보체를 거쳐 탁구를 응원하러 갔습니다. 오전에 김한성 선수가 금메달을 따고 다른 시합이 없는 배드민턴 선수들이 이보람 코치와 함께 응원하고 있더군요. 선수들과 코치들의 정겨운 모습이 예뻐서 사진을 찍으니 김희정 스태프까지 와서 밝은 표정으로 포즈를 취합니다. 승리의 순간도 기쁘지만 이런 시간은 진정 소중한 시간입니다. 이 추억들은 선수들 앞날에 큰 힘이 되어줄 것이기 때문이지요.

우리의 귀염둥이 김금조 선수, 핑크색 머리의 윤수경 선수가 시합에 열중하고 있습니다. 우리를 오래전부터 도와주는 NC 홍보팀에서 열심히 촬영하고 있으나 큰 스코어로 지고 있어 두 친구 모두 풀이 죽어 있었습니다. 평소 쾌활하고 파이팅 넘치는 모습과는 너무 대조적이었습니다.

배드민턴에서는 김한성, 문지연 선수가 중국과 오스트리아의 금메달리스트들과 한 조가 되어 통합경기를 했습니다. 이들이 꽤 유명한 선수들이라는데, 우리 선수들에게는 잊지 못할 추억이 되었을 것입니다. 오후에 열린 보체 경기에는 문화체육부 용필성 과장, 이영래 사무관,

서울시장애인체육회 곽해곤 사무처장 등 여러분들, 그리고 서울시의회 김창원 의원까지 와서 뜨겁게 응원해주었습니다. 오늘도 10개의 메달 중 배드민턴 김한성 선수가 첫 금메달을 목에 걸었고, 탁구에서도 금메달이 나왔습니다.

두바이 총영사관에서 두바이에 있는 선수들을 위해 간식을 보내준다는 연락이 왔습니다. 이런 게 다 나라 사랑이 아닌가 싶습니다. 대사님서부터 대사관 직원 분들, 특히 이준호 문화원장께서 많이 도와주셨고, 교민회 장광덕 부회장 내외분께 진심으로 감사를 드립니다.

3월 19일 아침부터 박강호 대사님께서 배구 경기장에 나왔습니다. 함께 신나게 응원하다가 여자 축구 결승이 있는 날이라서 축구장으로 이동했습니다. 도착하니 카자흐스탄에 2대0으로 이겨 결승전에 진출했다는 소식이 들려왔습니다.

우리 배구팀은 LA 스페셜올림픽에서도 금메달을 땄던 팀이라 기대가 컸었는데 예선에서 카자흐스탄에게 져서 잠시 불안했으나 역시 결승까지 갔습니다. 대한민국 배구팀, 파이팅!

필리핀과의 여자 축구 결승전. 아무래도 상대팀 선수 2명이 부정선수로 보였습니다. 플레이도 이상하게 하고, 영 석연치 않았습니다. 억울했지만 은메달에 만족하고 말아야 했습니다. 작년에 동메달, 올해는 은메달, 다음번에는 금메달일까요? 다음을 기약합니다. 국가대표를 맡은 경남 의령군의 꽃미녀축구단 여러분, 수고 많았어요!

육상 경기장에 두바이 총영사도 응원을 나왔습니다. 다같이 남자 통합축구로 이동했습니다. 덴마크와 3, 4위전이 열릴 예정이었습니다. 이미 은메달을 딴 여자 축구선수들도 응원하기 위해 다 모였습니다. 여자 선수들은 승패에 관계없이 춤을 추면서 응원에 열을 올렸습니다. 마치 춤추러 온 선수들처럼 열띤 응원을 펼쳤습니다.

응원에 힘입어 남자 선수들도 투지를 불살라 한 발짝씩 더 뛰는 모습이었습니다. 한 점 차이로 끌려가다가 이도영 선수의 동점골이 터졌습니다. 마침내 연장전으로 넘어갔습니다. 관중석은 마치 축제 같았습니다. 설화와 수빈, 현미까지 가세해 춤을 추니 각국 기자들과 현지 방송국 카메라도 우리 응원단을 찍느라 다 모여들었습니다. 경기장 전광판에 우리 응원단 얼굴들이 나오니 선수들은 더 신나게 춤을 추었습니다. 연장전에서 노영석 선수가 극적으로 역전골을 넣었습니다. 마침내 대한민국에 동메달을 안겨주었습니다.

오늘 나온 메달 14개 중에서 4개의 금메달은 모두 역도에서 나왔습니다. 그것도 4관왕에 오른 임원일 선수가 자랑스러웠습니다. 역도에서만 두 번째 4관왕입니다. 굉장한 실력입니다. 이제 아부다비 스페셜올림픽은 마지막 날을 앞두고 있습니다. 아픈 선수도 없고 모두 편안한 밤이 되었습니다. 내일이면 경기가 다 끝납니다. 저녁은 교민회의 장부회장께서 댁으로 초대해 푸짐한 식사를 대접받았습니다.

추억은 살아갈
힘이 된다

3월 20일, 폐막식 전날 아침이 밝았습니다. 오늘 열리는 모든 경기를 돌아보려니 마음이 바빴습니다. 배드민턴의 박미선 선수 응원으로 하루를 시작했습니다. 워낙 기량이 좋아서 가볍게 승리, 금메달을 목에 걸었습니다. 최연장자인 손태복 선수도 준비중이어서 응원차 사진을 같이 찍었습니다.

이어서 남자 배구 결승전이 열리는 곳으로 달려갔습니다. 상대 팀는 인도. 마침 대사관에서 박영규 공사가 응원을 나왔습니다. 그런데 디비져닝에서 보이지 않던 두 선수가 연습하고 있는데, 아무리 봐도 부정선수로 보였습니다.

경기가 시작되자 우리가 밀렸습니다. 역시 부정선수의 실력이 만만치 않았습니다. 여자 축구에서도 그랬지만 어느 경기보다 더 페어플레이를 해야 하는 스페셜올림픽임에도 불구하고 항상 몇 나라들이 이런 문제를 만들곤 합니다. 언제나 바로잡힐지 걱정스러운 마음입니다.

곧이어 농구 결승이 시작되기 때문에 농구장으로 무거운 발걸음을 옮겼습니다. 박 공사는 미련이 남은 듯 배구장을 계속 지키겠다고 했습니다.

에스토니아와의 결승전. 전날 부상한 우리의 에이스 안정훈 선수가 뛰지를 못했습니다. 민현식 선수가 고군분투를 하지만 힘겨운 시합이었습니다. 부상 선수만 없다면 충분히 이길 수 있는 상대인데 말이죠.

모든 선수들이 다 그렇지만 스페셜올림픽 선수들에게는 특히 흐름이 중요합니다. 밀릴 때는 반전이 필요하고, 상승세를 타게 되면 약팀이라도 경기를 뒤집을 수 있습니다. 분위기를 반전시키려고 무리해서 안정훈 선수를 투입했으나 제대로 뛰기가 힘든 상황이었습니다.

그런데 경기 중간에 박영규 공사가 웃는 얼굴로 들어왔습니다. 우리 배구가 금메달을 땄다는 것이었습니다. 2세트를 가까스로 따오고 마지막 3세트를 7대11로 뒤지고 있다가 15대13으로 대 역전을 거두었다고 합니다. 소름이 돋을 정도로 짜릿했다고 하시더군요. 선수들도 서로를 부둥켜안고 눈물을 흘렸다고 전해 주었습니다.

제주도 전지훈련 때 SOK 연합팀을 이겼다고 하더니 역시 실력이 짱이었습니다. 게다가 부정선수까지 앞세운 인도를 이기다니 놀라웠습니다. 구기 종목에서 첫 금메달이 나왔습니다. 아쉽게도 농구는 은메달로 만족해야 했습니다.

저는 서둘러 야스 링크스 골프클럽으로 향했습니다. 우리 선수들 실력은 단연 발군이었습니다. 특히 이양우 선수는 비장애인 대회에 나가도

될 만큼 뛰어났습니다. 그러나 워낙 막강한 선수가 나타나 은메달에 그치고 말았습니다.

골프는 실력에 따라 디비져닝에서 5가지 레벨로 나눕니다. 그래서 레벨5는 PGA 투어와 마찬가지로 18홀씩 4일간 경기하여 합산하고, 레벨4는 9홀씩 4일간, 레벨1은 퍼팅과 어프로치, 벙커샷으로 승부를 가리게 되어 있습니다.

우리 선수단은 레벨5에 2명, 레벨4에 8명, 그리고 레벨1에 4명 등 14명의 선수가 참가해 총 13개의 메달(금메달 4)을 획득했습니다. 대단히 놀라운 성적이었습니다.

그 사이 역도에서 김형락 선수가 세 번째 4관왕이 되었다는 희소식이 들려왔습니다. 오후 5시에 시합하는 우리 선수단의 스타 임기묘 선수도 역도 4관왕에 올라 모두 4명의 4관왕이 탄생했습니다.

저녁에는 한인회에서 버스까지 준비해 선수단 모두를 위한 만찬회를 열어주셨습니다. 골프장 식당을 통째로 빌려 야외마당에서 멋지게 가든파티를 열어주시는 것이었습니다. 이제 경기도 다 마쳤고, 내일 폐막식까지는 자유시간이라 홀가분한 마음으로 만찬모임에 참석했습니다. 남자 축구 시상식에 참석한 여자 축구선수들, 4관왕 임기묘 선수를 비롯한 몇 명의 선수들은 시상식이 늦어지는 바람에 조금 늦게 합류했습니다. 다시 생각해도 너무 멋진 파티였습니다. UAE 한인회 여러분, 정말 감사합니다. 추억은 우리 삶에 힘이 되고, 역경을 이겨내는 원동력이 됩니다. 추억도 나 혼자만의 것이 아니라 여러 사람이 함께 공유하는 추억은 그 힘이 그만큼 더 커집니다.

2019 아부다비 스페셜올림픽 세계하계대회에는 12개 종목에 총 159명의 선수와 스태프가 참가했습니다. 무엇보다 모든 선수들이 대회 기간 내내 큰 부상 없이 최선을 다해 경기할 수 있었습니다. 그 가운데 세계 각국에서 온 발달장애 선수들과 몸과 마음이 하나가 되는 우정과 화합의 장에 기쁘게 참여했습니다. 저 또한 단장으로서 선수들이 아름답고 인상에 남는 추억을 많이 쌓을 수 있도록 마음을 썼고 뒷바라지에 정성을 다했습니다. 아마 선수들은 두고두고 잊지 못할 소중한 추억을 가슴에 담았으리라 생각합니다.

이번 대회에 단장으로 참여하게 된 것을 기쁘게 생각하며, 이번 대회를 위해 뒤에서 묵묵히 애써주신 임직원 여러분과 스페셜올림픽코리아 고흥길 회장님, 나경원 명예회장님, 또 저와 함께 아부다비 현지에서 수고해준 김세헌 사무총장님, 이윤혁 본부장님을 비롯한 스태프 여러분께 깊이 감사드립니다. 여러분들의 격려와 사랑이 장애인과 비장애인이 더불어 살아가는 아름다운 사회를 만들 것입니다.

"Together we play, Together we can!"

159명의 역대 최대 규모의 선수단이 참가한
아부다비 스페셜올림픽 폐막식.

마지막날, 아부다비 교민회에서
베풀어준 잔치.

인천국제공항에 도착해 귀국보고를
하고 있는 저자.

2022년 SOK 정기이사회에서.
앞줄 왼쪽부터 **송동근 이사, 김용직 부회장,**
이용훈 회장, 서창우 부회장, 김우성 이사.
뒷줄 왼쪽부터 **김영훈, 양문술, 박민서, 차정훈,**
김광일, 구본완, 최우영, 박순관 이사,
박승국 감사, 김대경 사무차장.

시카고
통합축구대회,
축구로 하나가 되어

　　　　　　　　　　미국 시카고의 솔저필드는 1968년
여름 첫 번째 스페셜올림픽이 열렸던 곳입니다. 2018년, 스페셜올림
픽 창설 50주년을 맞아 솔저필드 미식축구 경기장에서 여성 통합축구
대회가 열렸습니다.

우리나라는 경북 의령군 사랑의집 소속 '의령 꽃미녀FC 축구단' 선수
6명과 파트너(비장애 선수) 5명, 김일주 감독과 조이슬 코치, 그리고 저
를 도와줄 오형석 선생 등 총 15명의 단출한 대표단이 시카고로 떠났
습니다. 대회기간은 2018년 7월 17일부터 21일까지 5일간.

대한민국 선수단이 시카고 다운타운의 웨스틴호텔에 도착하니 어마어
마한 환영이 기다리고 있었습니다. 미국인들의 장애인에 대한 인식이
남다르다는 것을 느낄 수 있었죠. 누구나 평등하고 모두가 다함께 더
불어 사는 이웃이라는 시민정신이 자연스럽게 몸에 배어 있었습니다.

선수숙소인 웨스틴호텔은 임원숙소보다 더 좋은 호텔이었고, 모든 식사에서도 스페셜올림픽 인터내셔널(SOI) 관계자들과 자원봉사자들의 섬세한 배려를 바로 느낄 수 있었습니다.

첫날 저녁, 주최측의 배려로 아주 맛있는 고급 뷔페가 차려져 있는데 우리 선수들의 입에는 안 맞는지 거의 식사를 못하는 상황이 되었고, 다음날 경기 직전 아침도 마찬가지 상황이었지요. 서울 선수들과 달리 꽃미녀축구단 선수들의 입맛에는 호텔 뷔페가 영 생소했었나 봅니다. 대회 첫날, 스페셜올림픽 탄생지인 솔저필드에서 성화봉송 행사와 기념식이 성대하게 있었습니다.

우리는 도착 후 시차적응도 안 된 상태에서 식사도 제대로 못한 채 이집트와 첫 경기를 치렀습니다. 국제대회의 높은 벽을 실감하면서 첫 경기에서 4대0 대패를 하고 숙소로 돌아왔습니다.

무엇보다도 장애인 선수들과 파트너들 간의 긴밀한 유대관계와 전술에 대해 토의를 했습니다. 그리고 당장 선수들의 체력과 분위기를 반전시켜야겠다는 생각이 들었습니다. 선수들을 시내에 있는 '산수'라는 한국 식당에 데리고 가서 한국 음식을 사주니 금세 분위기 업.

그 덕분인지, 다음날 7월 18일 멕시코와의 경기에서는 선수들이 펄펄 날아 7대1 대승을 거두었습니다. 우리 팀의 사기가 한층 높아졌습니다. 이날 저녁, 감독, 코치님과 함께 파트너와 선수들과의 전술에 대해 좀 더 진보된 토의를 한 결과, 19일 예선 마지막 경기인 인도 전에서 우여곡절 끝에 4대3으로 이겨 준결승전에 진출하는 개가를 올렸습니다.

그런데 곤란한 문제가 생겼습니다. 인도가 우리 팀이 파트너 시합시간 규정을 어겼다고 이의를 제기했던 것입니다. 통합경기에는 파트너 선수들의 시합참여 숫자와 총 시합참여 시간을 제한하는 규정이 있습니다. 인도 측에서 우리가 13초의 시간 초과로 규정을 어겼다고 이의제기를 하고 나선 겁니다.

결국 이 문제가 조정위원회로 넘어가 조마조마한 심정으로 기다리고 있었습니다. 그래도 다행스러운 것은 마침 심판조정위원장이 전날 저와 우연히 인사를 나누고 한잔하던 사람이라 조금은 안심이 되더군요. 항상 모든 사람들과 잘 소통하고 있어야 도움이 된다는 사실을 다시한번 깨달았습니다. 아직도 조정위원장의 판결이 생생히 기억이 납니다. "인도에서 제기한 시간초과 문제는 1~2분을 가지고 다툴 일이 아니므로 경기 결과는 변동 없다." 뒤에 이분이 제게 윙크까지 하시던 기억이 납니다.

이 때문에 선수들은 영문도 모르고 경기장에 2시간이나 더 머무르다 호텔로 복귀하게 되었습니다. 이틀 전 한국식당에서 식사하고 나서 달라진 팀 분위기와 성적을 기억하기에 전날 봐두었던 호텔 근처의 중국식당에서 단체 점심을 하니 환호성이 터지는 것이었습니다.

물론 우리나라에서 먹는 중국 음식과는 다른 음식이라 선수들 입맛에는 못 미쳤지만 시내에 있는 호텔에 딸린 부속 식당이라 깨끗하고 고급스러워 다들 좋아했고, 특히 마파두부가 인기를 끌었습니다. 그 뒤로 우리는 한번 더 이 식당을 이용했지요. 정성스레 고급 뷔페를 차려준 SOI에는 미안했지만 우리 선수들이 좋아하는 쪽으로 가야지요.

또 이날 저녁에는 김병덕 동아시아 회장께서 선수들을 데리고 유명한 시카고 피자집에 가서 포식을 했는데, 피자가 너무 커서 선수들이 놀라던 기억이 생생합니다.

사실 이 대회에 참가할 때 김일주 감독과 조이슬 코치의 목표는 브라질과 결승에서 만나는 것이었습니다. 첫날 대패를 해서 국제대회의 벽을 실감했지만 결국 우리에게 기회가 왔습니다.

준결승에서 만난 슬로바키아에게 승리하기 위해서는 조직력보다 맨투맨 전술로 풀어 나가기로 했습니다. 파트너에게는 파트너를, 선수에겐 선수를 붙여 경기를 해 나가니 우리 팀의 경기력이 막강해 보였습니다.

하지만 우리가 골을 먼저 먹는 바람에 경기 흐름을 놓치고 말았습니다. 전반전은 0대0. 후반 들어 첫 골을 먹었으나 바로 동점골을 넣으면서 경기가 팽팽해졌죠. 빅 경기가 펼쳐지는 듯하다가 후반 5분을 남기고 다시 한 골을 먹으면서 아쉽게 2대1로 패배하고 말았죠.

사실 전반전 분위기는 우리가 2골 정도는 넣었어야 하는 일방적인 경기였는데 골대에 맞는 불운이 2번이나 나오면서 승기를 놓친 아쉬운 경기였습니다. 발달장애인 경기는 비장애인 경기보다 분위기를 따라가는 경우가 많거든요.

우리가 먼저 첫 골을 넣었다면 많은 점수 차가 날 수도 있는 경기였습니다. 그러다 오히려 후반전에 한 골을 먹으니 분위기가 확 가라앉았는데, 그래도 주장인 서윤희(비장애인, 전 국가대표) 선수가 분위기를 잡아 잘 이끌어주어서 다시 분위기가 상승되다가 마지막 5분을 남기고 골을 허용해 정말 아쉬었습니다.

결국 3, 4위전 없이 이집트와 대한민국이 공동 3위로 대회를 마감했고 우승컵은 브라질에게 돌아갔습니다. 우리는 24개국이 참가한 여자부에서 동메달을 땄으니 이것도 박수 받아야 할 성과였습니다.

우리가 참가했던 통합축구는 7인제 경기로서 선수 4명과 파트너 3명이 뛰는 경기입니다. 꽃미녀팀은 경남 의령군 조그마한 동네에서 발달장애 여성 최초의 축구팀으로 창단됐고, 이 선수들을 주축으로 하는 국가대표팀이 이런 성과를 올렸다는 것이 놀랍고 또 자랑스럽습니다.

그러나 우리에게는 통합축구가 낯설 수밖에 없습니다. 무엇보다도 국가대표 출신이나 그에 버금가는 기량을 갖고 있던 비장애인 파트너 선수들이 처음에는 장애인 선수들과 같이 훈련하면서 많이 답답했었나 봅니다. 그러다 보니 주로 3명에서 경기를 하게 되는데, 이 사실을 간파한 이집트 팀이 파트너 선수들 패스만 차단하는 데 집중함으로써 첫 경기에서 대패를 하게 되었던 것이지요.

파트너 선수들이 그 점을 바로 몸으로 느꼈고, 감독과 코치가 선수들과의 전술을 짜고 선수들이 따라와주니 바로 그 다음날은 대승을 하게 되었던 것입니다. 물론 불고기와 김치찌개의 힘도 무시 못하겠지만요. 5명의 파트너들이 장애인 선수들과 1명씩 룸메이트를 이루어 생활하다 보니 서로 친해지고 서로를 이해하는 모습이 보였기에 이런 전술을 쓸 수가 있었습니다. 처음에는 파트너들이 정말 갑갑했나 봅니다. 저한테 술 사달라는 파트너도 있었고 룸메이트를 바꿔 달라는 파트너도 있었지만 모두 서로서로 이해하면서 그 벽을 넘어서는 것을 보니 가슴이 뿌듯했습니다.

서윤희, 박민경, 정진선, 최혜진, 남경민 선수들께 이 자리를 빌려 감사를 전합니다. 제가 생각해도 처음 만난 장애인 선수들과 함께 생활하고 함께 운동하려니 얼마나 힘들었겠어요? 말도 안 통하고 말을 잘 듣는 것도 아니고, 하지만 선수들 입장에서 이해하면서 이런 성과를 이루었다는 것이 자랑스럽습니다.

우리 팀이 연습도 부족했고, 무엇보다도 비장애인 선수들과 장애인 선수들 간의 역할분담과 호흡이 중요한데도 사전에 충분한 시간을 갖지 못한 것이 가장 아쉽더군요. 미리 몇 번만 연습경기를 해봤다면 우승도 할 수 있지 않았을까 하는 생각도 해봤습니다.

그렇지만 시카고 대회를 치르면서 저는 기뻤습니다. 비장애인과 장애인이 함께 할 수 있다는 희망, 또 비장애인들이 장애인들을 이렇게 이해하는 가운데 둘 사이에 놓여 있던 보이지 않던 벽이 허물어져가는 것을 보면서 바로 이런 통합스포츠(Unified Sports)가 우리 한국스페셜올림픽이 가야 할 길이 아니겠느냐라는 확신이 들었습니다.

그리고 다음 시합에서는 아마 더 놀라운 기량으로 잘 싸울 수 있을 것이라고 생각했습니다. 이 팀은 1년 뒤 아부다비에 통합축구가 아닌 단일팀으로 나가게 되는데 이번 대회를 경험으로 역시 엄청난 기량을 선보이게 됩니다.

7월 20일 준결승전에는 나경원 명예위원장께서 우리 팀을 응원해주기 위해 멀리 미국까지 날아와주셨습니다. 비록 지는 경기를 보셨지만 선수들은 방문해주신 나 명예위원장님을 보고는 승리한 선수들처럼 펄

쩍펄쩍 뛰며 반가워했습니다. 그리고 전에 가봤던 산수 식당에 우리 모두를 초대해주셨습니다. 재미있는 것은 이 식당의 주인 아버님이 나 명예위원장님의 후원회장이라서 정말 포식을 했고, 격려금까지 주셔서 그 덕으로 우리 선수단은 마지막 날 제가 시카고에서 우리 선수들에게 꼭 보여주고 싶었던 시카고 리버 건축 보트투어까지 할 수 있었습니다. 나경원 명예위원장님, 감사합니다.

시카고 통합축구대회를 인연으로 마치 동생들 같기도 하고 자식 같기도 한 이들과의 인연은 그 뒤로도 계속되어 아직도 진행 중입니다.

시카고 통합축구대회에서.
맨앞줄 오른쪽부터 **오형석 스태프, 저자, 김일주 감독.**
뒷줄 **흰색 모자가 조이슬 코치.**

경북 의령군 사랑의집
꽃미녀FC를 주축으로 하는
통합축구팀이 동메달을
목에 걸었다.

오스트리아
동계대회의 추억

2017년 오스트리아 그라츠, 슈라드밍, 람사우, 3개 도시에서 스페셜올림픽 세계동계대회가 열렸습니다. 3월 14일부터 25일까지 12일간 스키, 보드, 스케이팅 등 9개 종목의 경기가 있었습니다.

4년 전인 2013년 평창에서 개최된 스페셜올림픽 세계동계대회와 같은 대회입니다. 이때 스페셜올림픽 창시자인 슈라이버 국제스페셜올림픽위원회(SOI) 회장도 방한했었지요.

또 2016년 여름에 한국체육대학교에서 3일간 열린 서울스페셜올림픽에 제가 회원으로 있는 국제로타리 3650(서울)지구가 티셔츠를 후원했고, 로타리 회원과 로타랙트 대학생들이 자원봉사자로 참여했었습니다.

오스트리아 대회에는 전 세계 107개국에서 선수 2,700명, 코치 1,100

명 등 8천여 명이 참가했습니다. 우리나라는 7개 종목의 선수 65명 등 100여 명의 선수단이 참가해 71개의 메달을 목에 걸고 귀국하였습니다.

저는 이번에는 단장이 아니라 그라츠, 슈라드밍, 람사우, 세 도시에서 열리는 관계로 인천SOK 위원장인 박민서 단장을 도와 스키와 스노우보드 종목이 열리는 슈라드밍에 지원인력으로 따라갔기 때문에 선수단보다 이틀 늦은 3월 16일 현지에 도착하였습니다. 개인 사정으로 오스트리아 비엔나를 거쳐 개회식이 열리는 슈라드밍이란 작은 도시에 밤늦은 시간에 도착했습니다.

이튿날, 플라나이(Planai) 산 아래의 개막식장과 슬로프들을 점검한 뒤 3월 18일 저녁 개막식에 참석했습니다. 전 세계적으로 날씨가 따뜻한 까닭에 이곳도 눈이 많이 녹은 상태였는데, 설상가상으로 개막식 날 비가 꽤 내렸습니다. 하지만 폭우에도 불구하고 많은 관중의 환호와 박수 속에 개막식은 성황리에 막이 올랐습니다. 선수들도 빗줄기에 아랑곳하지 않고 축제를 마음껏 즐기는 모습이었습니다.

스키의 나라답게 무대 바로 뒤편에 급경사의 최상급 슬로프가 있어서 여러 가지 멋진 개막 행사가 펼쳐졌습니다. 특히 120명의 스키어가 횃불을 들고 깎아지른 듯한 슬로프를 줄지어 내려오는 성화봉송 행사는 마치 대형 평면TV를 보는 것 같았습니다. 슬로프를 내려온 뒤 첫 번째 성화봉송은 대한민국 크로스컨트리의 조원상 선수로 시작, 마지막으로는 오스트리아 선수가 성화대에 불을 붙였습니다.

슈라드밍은 인구가 7천 명밖에 안 되는 작지만 아름다운 스키 도시입니다. 해발 3천 미터급 6개 산에 6개의 스키장이 있고, 슬로프들이 거미줄처럼 이어져 있습니다. 또 그 건너편 해발 3천 미터 산에는 연중 스키를 탈 수 있는 슬로프가 조성되어 있습니다.

대회본부가 있는 플라나이 산 밑에서 그 옆의 스키와 보드 경기가 열리는 호흐우르젠(Hochwurzen) 산까지 스키를 타고 이동해 보았는데 그 규모가 어마어마했습니다. 이상고온으로 슬로프 일부의 눈이 녹아 있는 관계로 중간구간을 곤돌라를 타고 이동해야 했지만 슬로프들의 규모나 경사도는 놀라웠습니다. 마침 친절하게 안내를 자청해준 노부부의 스키 실력과 배려심은 감탄에 감탄을 할 수밖에 없었습니다.

3월 20일 월요일부터는 다행히 날씨가 좋아져 눈이 많이 녹았어도 무사히 경기를 치를 수 있었습니다.

이 대회에는 3천여 명의 자원봉사자들이 참가했는데 그분들의 열정 또한 대단했습니다. '이런 게 바로 선진국이구나' 하는 생각이 들었습니다. 감동적인 모습들을 보면서 성숙한 시민정신을 온몸으로 느꼈습니다.

또, 대한민국 국민이나 교민이 아님에도 태극기를 들고 응원하는 오스트리아 젊은이들을 보면서 '이런 것이 바로 모두가 함께하는 축제'라는 것을 실감했고, '이것이 장애인과 더불어 사는 사회를 만드는 저력'이라는 생각이 들었습니다.

우리나라를 응원하는 청년들도 그렇지만 나중에 시상식 때마다 싸이의 '강남스타일'이 울려 퍼졌는데, 한류의 영향이 크다는 생각도 해보았습니다.

경기가 3개 도시에서 열리기 때문에 하루는 람사우에서 크로스컨트리와 스노우슈잉 선수들을 응원하고, 또 하루는 2시간 거리의 그라츠로 가서 플로어하키, 피겨스케이팅, 쇼트트랙을 응원하고 돌아왔습니다. 우리 쇼트트랙 선수들을 쇼트트랙 최강국답게 스페셜올림픽에서도 대단한 기량을 뽐냈습니다. 그래서 원래 시상종목에는 없던 '세계에서 가장 빠른 선수들'이란 특별 제작된 트로피를 오스트리아 올림픽조직위원회로부터 받기도 했습니다.

3월 23일 오후, 저는 장애인과 한 팀이 되어 벌이는 통합스포츠(Unified Sports) 알파인스키 프로그램에 참가했는데, 마침 추한솔 선수와 팀을 이루어 좋은 성적을 거두는 기쁨도 누렸습니다. '장애인과 비장애인이 함께할 수 있다'는 취지로 만든 경기답게 참가 선수 모두가 신나게 즐기면서 한마음으로 경기를 함으로써 스페셜올림픽의 숭고한 정신을 느낄 수 있었습니다.

드디어 3월 24일 저녁, 오스트리아 제2의 도시인 그라츠에서 폐막식이 열렸습니다. 이번 대회는 로타리안으로서도 상당히 자부심을 느꼈습니다. 대회 기간 내내 여러 경기장을 다닐 때마다 메인 스폰서인 로타리 마크가 여기저기에 붙어 있는 광경을 보면서 뿌듯한 마음이 들었습니다.

2019년 UAE 아부다비에서 다시 만날 것을 기약하면서 폐막식을 마치고 비엔나로 돌아오니 신동익 대사 내외분을 비롯한 주오스트리아 대사관 가족들과 한인회에서 성대한 환영식과 만찬을 준비해주셔서 멋진 추억을 만들었습니다.

이제 우리 선수들은 열흘간의 행복한 추억을 안고 제각기 자신의 집이나 보육기관으로 돌아갑니다. 그러나 대회 이전과 대회 이후의 자신은 무언가 많은 변화가 있을 것입니다. 또 다가올 모든 일들을 좀더 자신감을 가지고 헤쳐 나아가리라 생각합니다.

아쉬운 것은 모든 장애인들이 이러한 축복을 누리지 못한다는 사실입니다. 하지만 이렇게 스페셜올림픽에 참가했던 장애 청소년들은 확연히 달라진 삶의 모습을 볼 수 있습니다. 선수단장으로서 참가했던 지난 서울대회, 홍콩 아시아대회, 그리고 이번 오스트리아 세계동계대회에서 그 점을 확실히 느낄 수 있었습니다. 앞으로 더 많은 장애 청소년들이 스포츠를 통해 새로운 세상으로 나갈 수 있도록 스페셜올림픽에 더 많은 관심과 후원을 부탁드립니다. 로타리안 여러분들의 지속적인 후원도 큰 힘이 될 것입니다.

스페셜올림픽이 장애 청소년들에게 희망이 되고, 장애인과 비장애인이 더불어 살아가는 아름다운 세상을 만드는 가교가 되어주기를 바랍니다.

개막식에서 플라나이산 슬로프를 줄지어
내려오고 있는 성화봉송 행렬.

동계대회 선수단과 함께.

우리 알파인스키선수들과 함께
파이팅을 외치며.

현지 젊은이들이 태극기를 들고
우리 선수들을 응원하고 있다.

우리나라를 응원하는 현지
오스트리아인과 알파인스키 선수들.

추한솔(왼쪽 두 번째) 선수와 한 팀이
되어 통합스키 금메달을 땄다.

4 Part

내 인생의
숨은 1인치

삶을
변화시키는 봉사

▷ **이번에 취임하는 국제로타리 3650(서울)지구란?**

1927년에 우리나라 최초로 경성로타리클럽이 창립됐습니다. 경성(서울의 옛 이름)에 이어서 부산, 평양, 대구 등지에서 클럽이 창립돼 1961년 전국 12개 클럽을 묶어 한국이 국제로타리 365지구라는 독립 지구로 발전했는데, 이것이 확대되면서 지금의 3650지구로 이어지고 있는 것입니다. 이런 역사적 배경으로 3650지구가 한국을 대표하는 가장 오랜 역사를 지닌 종주(宗主) 지구라고 부릅니다.

앞으로 6년 후 한국 로타리가 100주년을 맞이합니다. 현재 우리나라 전체에는 19개 지구(1,676클럽, 약 6만5천 명)가 있는데, 서울 3650지구에는 104개 클럽, 2천4백여 명의 회원이 활동하고 있습니다.

▷ 전 세계 소아마비 박멸에 로타리가 큰 역할을 해오고 있다는데?

코로나 팬데믹이 전 세계를 휩쓸고 있습니다만, 소아마비도 인류 역사에 큰 재앙이었습니다. 소아마비 바이러스는 전염성이 강한데다 치료약이 없습니다.

국제로타리는 1985년부터 지구상에서 소아마비를 완전히 퇴치하자는 목표(폴리오 플러스 프로젝트)를 세우고 지금까지 23억 달러를 들여 30억 명의 어린이들에게 경구용 백신(구강 투약용)을 접종하고 있습니다.

WHO 발표에 의하면, 현재 소아마비는 99.9%가 박멸되었습니다. 1985년 당시 80여 개국에서 연간 35만여 건이 발생하던 소아마비가 올해(2021년 기준)에는 아프가니스탄과 파키스탄에서 단 2건만 발견됐습니다.

빌&멜린다 게이츠 재단이 이같은 위대한 업적에 감동해 2007년부터 약 12억 달러의 상응지원금을 기부해 소아마비 박멸사업에 함께 참여하고 있습니다.

이제 마지막 0.1%를 박멸하기 위해 전 세계 로타리안들이 최선을 다하고 있습니다. 저는 임기중에 마지막 0.1%까지 정복하는 엔드 폴리오(End Polio)를 위해 우리나라와 인도, 파키스탄의 19개 지구와 연계하여 파키스탄 어린이들에게 백신접종 사업을 펼칠 예정입니다.

지구상에서 소아마비가 완전히 사라진다면 로타리 민간봉사자 120만 회원들이 그 기적의 주역으로서 평가받을 것입니다.

▷ '포스트 코로나 시대' 로타리에 변화가 있다면?

코로나 사태로 전 세계 로타리 역시 많은 제약을 받았습니다. 정기적인 회합도 갖지 못했고, 봉사활동도 제대로 할 수 없었지요. 그래서 우리는 지난해 가을부터 모임과 행사를 실시간 온라인 화상회의로 대체해오고 있는 실정입니다.

물론 코로나 위기 속에서도 로타리는 감염병 예방을 위해 신속하게, 적극적으로 대응했습니다. 방역에 애로를 겪는 아프리카나 동남아시아 각국에 마스크와 소독제, 산소호흡기, 음압장비 등을 지원했습니다. 국내에서도 취약계층, 군부대, 교도소 등에 방역물품을 신속하게 지원했고요.

또한 여러 클럽들이 독거노인과 다문화가정 어린이, 저소득 취약계층을 찾아갔고, 장애인 공동작업장과 복지시설, 한센인마을과 노숙인 급식소 등 후원이 끊어지다시피 한 시설들을 돕는 일에 앞장섰습니다.

그러나 코로나로 대면봉사가 어려운 과정을 거치면서 기존의 클럽별 봉사활동을 뛰어넘는 연합봉사를 기획해야 '더 크고 더 영향력 있는 봉사'를 할 수 있다는 결론에 도달했습니다.

앞으로는 로타리의 독자적인 봉사보다는 지역사회, 기관과 기업, 관련 단체, 그리고 차세대 청년 로타랙트 회원들과 연계하는 방향으로 변화해야 한다는 경험을 얻었습니다. 그럼으로써 봉사의 효율성을 높이는 동시에 영향력을 확대하는 쪽으로 변화를 시도하려고 합니다.

▷ 미래세대를 위해 어떤 준비를 하고 있는지?

사회변화, 그리고 NGO 단체의 다양화로 인해 로타리의 미래에 대해서도 많은 고민들을 하고 있습니다. 대부분의 봉사단체가 회원증강과 기부금 확대라는 당면과제를 안고 있으나 저는 신세대 청년들에게 관심을 가지고 있습니다.

그동안 한국 로타리는 6만 1,822명의 학생들에게 총 1,231억원에 달하는 장학사업을 해왔습니다. 이것도 놀라운 수치이지만 로타리가 청년세대에게 좀더 가까이 다가가야 한다고 생각합니다.

저 역시 젊은 총재 중 한 사람으로 꼽히는데, 우선 우리 지구 임원의 평균연령을 10년 이상 낮췄습니다. 지구의 핵심축이 되는 10명의 지역대표도 그렇고, 사무총장과 부총장들도 젊은 회원들로 위촉했습니다. 또, 로타랙트(18~30세 대학생·청년 클럽) 회원 12명을 지구 임원으로 뽑았습니다. 이는 우리 로타리 역사상 첫 시도입니다. 로타리가 청년세대들을 껴안고 그들과 더욱 가까워지기 위한 시도인 것이죠.

젊은이들을 위한 '로타랙트 데이'를 제정하고, 로타랙트 졸업생들과 유대를 지속하기 위해 '동창생위원회'를 신설할 것입니다. 현재 로타랙트는 국내 222개 클럽이 있고, 우리 지구에는 20개 클럽이 있습니다. 제 임기 중에 신생클럽 창립에도 공을 들이려고 합니다.

그리고 청년들의 취업난 해소를 위해서도 적극 나서 보려고 합니다. 예를 들어, 로타리 회원들의 회사에 인턴십 제도를 만들고, 또 전문직 회원들을 중심으로 진로 멘토링 시스템을 운영함으로써 로타랙트 젊은이들이 봉사 이상의 결실을 얻을 수 있도록 도울 계획입니다.

제가 예전에 지구의 신세대위원장으로 활동하면서 많은 학생들을 만났는데, 이들에겐 남다른 면이 있습니다. 단순히 봉사 동아리 회원에 그치는 것이 아니라 배려와 희생정신이 몸에 배어 있다는 점을 느낄 수 있습니다. 이같은 학생들의 사회진출에 우리 로타리 회원들이 더 많은 관심을 기울여줄 필요가 있다고 생각합니다. 또한, 이런 과정을 거쳐 성장한 로타랙트 청년들이 먼 훗날 로타리 회원으로 자연스럽게 연결되지 않겠나 하는 바람도 가지고 있습니다.

▷ **임기 중 추진할 새로운 봉사 프로젝트가 있다면?**
제가 전국 19개 지구 총재단 회장을 맡고 있어서 이미 총재들과 전국 차원의 연합 프로젝트를 추진해보자고 의견을 모았습니다.

국제로타리에는 평화증진, 질병 퇴치, 깨끗한 물 공급 등 6대 초점분야가 있는데, 이번에 '환경'이 7대 초점분야로 추가되었습니다. 그래서 우리나라 전체 지구가 공동으로 환경보전 연합봉사를 하기로 했습니다. 여기에는 외국의 지구도 참여시킬 예정입니다.

한강에 인접해 있는 5개 지구(3600-경기동부 · 성남, 3640-서울남부, 3650-서울북부, 3690-인천 · 경기북부, 3750-경기서부 · 수원 지구)가 협력해 한강 정화 프로젝트를 진행하기로 협의를 마쳤습니다.

글로벌 프로젝트 가운데서는 36년간 꾸준히 펼치고 있는 소아마비 박멸사업(End Polio)을 3개국(한국, 인도, 파키스탄) 로타리와 손잡고 파키스탄에서 대대적인 연합봉사를 추진하려고 합니다.

단순히 백신접종만 할 경우 어린이들의 참여도가 낮은 실정을 감안해

각국 로타리의 후원을 최대한 끌어모아 학용품과 선물까지 전달하는 '종합선물형' 백신 사업을 펼칠 계획입니다.

장애 청소년과 청년들이 함께하는 행사도 준비하고 있습니다. 올 12월에 열리는 스페셜올림픽과 함께하는 '대관령 뮤직페스티벌'에 로타랙트 대학생들을 발달장애인 서포터즈로 참여하도록 하고, 오는 10월 9일 9천 명 규모로 열리는 '슈퍼블루 마라톤 대회'에도 로타리와 로타랙트 회원들이 장애인들과 손잡고 함께 달리는 축제를 만들 계획입니다.

아울러 성경에 오른손이 한 일을 왼손이 모르게 하라는 말도 있지만 로타리 활동도 미디어와 연계하여 로타리 브랜드 이미지를 확산하고 회원증강과 재단기부에 기여하는 기회를 만들어 가려고 합니다.

▷ **한국 로타리의 국제적 위상은 어느 정도인가?**

회원수로는 4위, 재단기여도(기부금) 측면에서는 2~3위 정도입니다. 국제로타리의 핵심 국가 중 하나라고 말할 수 있죠. 국제행사에서도 한국어가 공식언어로 사용되고 있습니다.

우리나라 최초로 이동건 전 총재(서울 3650지구)가 2008-09년 국제로타리 회장을 역임했고, 많은 분들이 국제로타리와 국제로타리재단 이사회에서 활약해오고 있습니다. 현재 윤상구 전 총재(서울 3650지구)가 국제로타리재단 부이사장으로 활동중이고, 임창곤 전 총재(대구 3700지구)가 국제로타리 이사로 있습니다.

(국제로타리재단은 로타리의 모든 기금을 관리하는 기구로서 이사장, 부이사장 등 17명의 이사로 구성되어 있고, 국제로타리 이사회는 최고의 의결기구로서 회장과 부회장을 비롯해 19명의 이사진으로 되어 있음.)

▷스페셜올림픽 단장을 오랫동안 맡았는데, 기억에 남는 일은?

장애인과의 첫 인연은 중학생 때였습니다. 목 아래 전신이 마비된 친구가 있었는데, 그 친구는 누군가의 도움이 없이는 한 걸음도 움직이지 못했어요. 친구니까 아무 생각 없이 등하교를 도와주면서 자연스럽게 그 친구의 손과 발이 되어주었던 것이죠.

그로부터 30여 년이 지나 스페셜올림픽 단장을 맡게 되었는데, 제 가슴속에 장애니 비장애니 하는 편견이 없다는 사실을 알고서 중학생 시절을 다시 생각하게 되었어요. 어릴 적 체험 하나가 이렇게 소중한 것이구나 하는 걸 느꼈지요. 어린 시절부터 장애인과 함께하는 환경을 만들어주면 장애인에 대한 편견도 없어지고 모두가 더불어 살아야 한다는 성숙한 시민의식이 자리잡는다고 봅니다.

스페셜올림픽 선수단을 이끌면서 발달장애 청소년들이 서서히 발전하는 모습, 자신의 목표를 성취하고 좋아하는 모습을 보면 얼마나 뿌듯한지 모릅니다. 사실, 그 아이들의 엄마아빠들은 '내가 먼저 세상을 떠나도 아이가 잘살기를 바라는 마음' 하나뿐입니다. 저의 노력 하나하나가 아이들 성장에 디딤돌이 되어준다는 사실은 더할 수 없는 보람입니다. 이런 면에서 로타리 봉사와 스페셜올림픽은 공통점이 있습니다.

잊을 수 없는 소녀 선수 한 명이 있었어요. 홍콩 대회에서 처음 만났는데, 열 발자국쯤 걸으면 쓰러질 정도로 장애가 심했습니다. 그런데 이 선수가 대회 때마다 종목을 바꿔가면서 계속 출전하는 거예요.

그리고 그때마다 머리 색깔이 보라색이었다가 핑크색, 연두색으로 매번 다르게 하고 와서 더 눈에 띄었어요. 왜 그렇게 튀는 색깔을 하는지 알아보니 외국에 나가 혹시 잃어버릴까봐 부모님이 튀는 컬러로 염색 한다는 사실을 알았습니다.

이 아이가 2019년 아부다비 스페셜올림픽에는 탁구선수로 참가했어 요. 고등학생이 되었는데 혼자 걷지도 못하던 아이가 코트를 뛰어다니 는 겁니다. 더구나 날아오는 탁구공을 라켓으로 맞추는 능력까지 생긴 거예요. 장애 청소년들이 스포츠를 통해서 이렇게 성장할 수 있구나 하는 사실을 알고 얼마나 감격했는지 모릅니다.

▷ 히딩크 감독과 함께 풋살구장 드림필드를 만드셨다고 하던데 그 이야기를 해주시죠?

한일 월드컵이 끝나고 2003년에 거스 히딩크 감독과 인연을 맺어 재 단 설립에 참여한 적이 있는데, 전국에 시각장애 어린이들을 위해 풋 살구장을 지을 건데 도와달라고 부탁하는 겁니다. 개인적으로는 이분 이 저희 파파존스 광고에 우정출연으로 도와준 적이 있었거든요. 이제 제가 도와줘야 할 차례였던 것이지요.

피자 한 판이 팔리면 100원씩 적립해 기금을 만들기로 하고, 충주 성 심맹아원을 시작으로 수원, 울산 등 10년간 전국에 12개 '히딩크 드림 필드 풋살구장'을 세웠습니다. 원래 12개를 짓기로 했는데 다 준공했 고, 추가로 딱 한군데가 더 남아 있어요. 히딩크 감독이 제13호는 평양 에 세우려고 했는데 그 약속이 아직 숙제로 남아 있습니다. 언젠가 기 회가 오면 그 약속까지 모두 지켜야겠지요.

▷ 봉사란 무엇인지?

아무리 절제하고 올곧은 삶을 사는 사람이라고 할지라도 우리는 인생에서 너무 많은 낭비를 하고 삽니다. 지나친 물질적 소비도 그렇고, 시간과 노력의 낭비도 그렇습니다.

능력의 낭비, 시간의 낭비를 줄이는 최선의 방법은 봉사라고 생각해요. 그래서 나눔은 인생에 있어서 선물입니다. 남을 배려할 때 진정한 자유가 온다는 사실을 깨닫게 됩니다.

이번 연도의 국제로타리 테마가 '봉사로 삶의 변화를'입니다. 봉사하면 나누는 사람과 받는 사람 모두가 행복하고, 나눈 만큼 세상은 좀 더 나은 방향으로 바뀔 수 있다는 의미입니다.

로타리는 자신의 인생 파노라마를 넓혀줍니다. 로타리가 아니었다면 볼 수 없었던 내 인생의 '숨은 1인치'를 찾는 것이 로타리라고 생각합니다.

봉사는 내 삶의 폭을 넓혀주고, 더 의미 있는 삶을 살게 하는 힘이 되는 것이죠. 봉사를 해본 분들은 이미 아시겠습니다만, 봉사란 남을 돕는 것으로 그치는 것이 아니라 결국 그것이 나에게로 되돌아와 내 인생의 힘이 된다는 사실을 아실 것입니다. 봉사의 오묘한 이치이지요.

(YTN, 연합뉴스, 동아일보 등 언론방송 인터뷰 중에서)

봉사란 혼자 못하는
일을 여럿이 하는 것

▷ **현재 파파존스 회장이신데 로타리와의 인연은?**

아버님께서 48년째 로타리 회원으로 활동하고 있는데, 제가 서른 살 중반쯤에 '너도 로타리에 가입해라' 하고 권유해서 1992년에 로타리와 인연을 맺게 되었죠. 최근에는 제 동생까지 아버님이 소속해 있는 남서울로타리클럽에 들어가서 3부자 모두 로타리안이 되었어요.

아버님이 올해 94세이신데 지금도 48년째 현역으로 활동하고 계세요. 아마도 로타리 정신이 대를 이을 만한 가치가 있다는 신념에서 저희들에게 권유하셨던 걸로 압니다. 저 역시 대를 이어줄 생각입니다.

▷ **3650지구 총재로 취임하셨는데 로타리를 소개해주시고,**
앞으로 로타리를 이끄실 계획과 비전 제시도 부탁드립니다.

로타리는 1905년 창립된 국제적 네트워크를 갖춘 민간봉사단체죠. 전 세계 520개 지구에 120만 회원으로 구성되어 있고, 우리나라엔 19개 지구, 6만6천여 명의 회원이 있지요. 그중에서 서울지구인 3650지구가 한국에서 최초로 만들어져 94년의 역사를 가진 지구로, 우리나라를 대표하는 종주지구라고 부릅니다.

제가 3650지구 제61대 총재로 취임했고, 또 우리나라 19개 지구 총재협의회 회장까지 맡고 있는데, 솔직히 코로나 팬데믹 시기라서 어깨가 더욱 무겁습니다.

저는 크게 두 가지 방향으로 운영계획을 세우고 있습니다.

첫째는, 쉐이커 메타 국제로타리 회장이 강조하는 "Do More, Grow More"라는 기치로 연합봉사를 확대하려고 해요. 봉사도 단일 클럽만 하는 게 아니라 클럽과 클럽들이 힘을 모아서 하고, 국내외 여러 지구가 연합하는 봉사를 하려고 합니다.

우리 지구도 그렇습니만, 전국 19개 지구마다 오랫동안 해오는 고유의 사업이 있어요. 저는 거기에다 여러 지구가 힘을 합쳐서 하는 "연합봉사"를 계획하고 있습니다. 더 많은 사람들이 참여해서 더 큰 영향력을 발휘하자는 생각입니다.

둘째는, 미래세대에게 기회를 주고 미래세대와 함께하는 로타리가 되자는 것입니다. 로타리에는 대학생을 중심으로 한 18세~30세 젊은이들이 모인 로타랙트클럽이 있어요. 그 젊은이들과 더 가깝게 다가가 소통하고 더 많은 기회를 주어서 미래의 로타리안으로 성장할 수 있도록 도우려고 합니다.

▷ **코로나 팬데믹으로 세계적인 봉사 활동에 어려움이 많으실 것으로 생각됩니다. 현재 현황은 어떠신지요?**

모든 활동이 얼어붙어 있으니 우리 로타리도 거의 손발이 묶인 상태라고 말할 수 있지요. 클럽들이 대체로 주 1회씩 주회를 하고 있는데 거의 1년 동안 전혀 모이지 못했어요. 그래서 클럽 주회는 물론이고 지구 모임과 회의를 온라인으로 대체해오고 있습니다.

여러 가지 제약이 있어도 아이티 지진 구호활동이라든지, 다문화 어린이 돕기, 환경보존 같은 몇 가지 주요한 봉사사업은 계속하고 있습니다.

국제봉사단체로서 로타리 하면 곧 소아마비 박멸사업이라고 말할 수 있습니다. 우리나라뿐 아니라 국제로타리 전 회원이 심혈을 기울여오고 있는 프로젝트가 "소아마비 박멸사업"이에요. 36년 동안 약 32억 달러를 투입해 99.9%까지 정복했고 완전박멸을 눈앞에 두고 있어요. WHO 발표에 의하면, 올해 환자가 파키스탄과 아프가니스탄에서 각 1명씩만 발생했고, 아프리카 지역은 4년간 1명도 발생하지 않아 완전 박멸을 선언했지요. 이제 "End Polio Project"에 마지막 힘을 쏟아서 더이상 소아마비 장애인이 나오지 않도록 해야 합니다. 또, 우리나라 각 지구에서는 코로나19 방역사업에도 적극적으로 돕고 있습니다.

우리 지구에서는 이번 회기에 서울지역 독거노인 분들의 주거환경 개선사업(로타리 하우스)을 하고 있습니다. 서울이 세계적인 도시이지만 그 이면에는 홀몸 어르신들이 참 열악한 환경에서 살고 있어요. 로타리 회원과 로타랙트 대학생이 전문가와 함께 집을 정리하고 리모델링

해주고 있는데, 내년 6월까지 총 100가구를 수리할 계획이고, 11월 말 기준으로 39가구 수리를 마쳤습니다.

한 가구당 수리비가 100만 원 내외인데, 우리 지구 내 클럽들이 한 가구씩을 맡아서 비용을 내고 현장에 나와 봉사해주고 있습니다. 회원들이 하루씩 나와서 반지하나 쪽방 같은 집들을 고쳐드리고 있는데, 홀로 사시는 할아버지, 할머니들이 새 집을 보고는 꿈도 꾸어보지 않았는데 너무 행복하다고 말씀하세요. 우리는 하루를 봉사한 것이지만 이분들에게는 앞으로 5년, 10년이 행복한 것이지요. 저는 이런 일이 바로 기적이라고 생각해요.

▷ **어려운 위기를 맞은 현실에 기부와 봉사에 대해 좋은 방법이 있으시다면?**

로타리 봉사를 한마디로 설명한다면, 한 사람이 할 수 없는 일을 여러 사람이 힘을 모아 같이 한다는 것입니다. 앞서 얘기했듯이 지구상에서 소아마비를 박멸하는 일, 이런 일은 혼자의 힘으로는 절대 할 수 없는 일이지요. 그러나 백만 명이 30여 년간 힘을 합치니까 완전박멸이란 기적 같은 봉사가 되는 거예요.

그 기적 같은 일에는 여러 사람의 힘이 필요하고 기부금이 있어야 합니다. 로타리 기부방식은 여러 종류가 있는데, 저는 한 사람이 큰 기부를 하는 것보다 많은 사람들의 작은 정성이 모여 큰 기부를 이루는 방식을 강조합니다.

그래서 1회에 1천 달러를 기부하는 PHF(로타리 창시자 Poul Hariss의 이

름을 붙인 기부금) 기부, 또 회원 한 분이 매년 최소 25달러씩 기부하는
EREY(Every Rotarian Every Year)에 많이 참여해달라고 얘기합니다.

▷ 총재가 되면서 중점적으로 추진하고자 하는 분야는 무엇이고 어떤 성과를 거두고 싶으신가요?

민간봉사단체들이 공통적으로 안고 있는 과제가 회원 문제입니다. 이 것은 우리나라뿐 아니라 전 세계적인 고민거리지요. 로타리 역시 이런 과제를 안고 있고요. 서울과 같은 대도시의 생활환경, 온라인 기부와 같은 봉사 패러다임의 변화 등이 회원 감소의 원인이 되고 있어요.

여기에다 로타리가 신경쓰지 못한 부분이 홍보를 등한시했다는 점입 니다. 가장 오랜 역사를 가진 봉사단체이고, 소아마비 박멸 같은 괄목 할 만한 기여를 해왔음에도 불구하고 일반적으로 인지도가 낮은 것은 바로 홍보 부족이었던 것이지요.

그래서 우리 지구는 지금 언론방송을 뛰어넘어 유튜브, 카카오톡과 같 은 뉴미디어로 홍보를 강화하고 있어요. 더구나 비대면시대의 새로운 소통 방식으로 "로타리에서 만나요"라는 유튜브 채널을 만들어 회원들 간에 소통하고, 또 대외적으로 홍보도 하고 있습니다.

로타리에는 각계의 리더들이 많이 포진해 있다는 강점을 가지고 있습 니다. 이분들을 중심으로 회원을 확대하고, 또 장차 리더로 성장할 젊 은 세대들에게 더 많은 참여의 기회를 만들어주려고 힘쓰고 있습니다. 또, 젊은 세대들의 참여를 늘리기 위해 로타랙트 청년들을 지구 임원 으로 위촉해 함께 활동하고 있습니다.

저는 10개의 신생클럽 창립, 5개 이상의 로타랙트 청년 클럽 창립을 목표로 세웠고, 특히 여성회원 영입에 방점을 두고 회원증강 500명을 달성하려고 합니다.

▷ **봉사단체이다 보니 남다른 보람이 많으실 텐데….**

로타리가 아니었더라면 저의 인생은 단순하고 편협한 생활에 그쳤을 거라고 봅니다. 로타리안으로서 사회활동을 하면서 저는 더 폭넓은 세상을 만날 수 있었지요. 따라서 로타리란 한 사람의 인생에 폭과 깊이를 넓혀주는 '인생 학교'와 같다고 생각해요. 로타리를 통해서 만날 수 있는 소중한 인연들, 봉사의 소중한 경험과 시간들이 한 사람의 인생을 성장시키는 것이죠.

로타리는 나 자신은 물론이고, 다른 사람의 삶까지도 바꿀 수 있는 힘을 가지고 있어요. 그것이 바로 봉사의 기적이고, 로타리의 매력이라고 말할 수 있습니다.

▷ **젊은 MZ 세대부터 봉사에 대한 교육이 필요하다고 봅니다. 총재님의 견해는요?**

재미있는 말씀을 드리면, 기성세대가 젊은이들을 걱정하고 비판하는 것은 인류 역사 이래로 지속됐던 거 같아요. 그렇지만 그 우려는 말 그대로 기우였던 것이죠. 마찬가지로 지금의 MZ세대에 대해 걱정할 이유는 없다고 봐요.

스페셜올림픽이나 바보나눔재단 같은 데서 활동하면서 젊은이들을 많이 만났는데, 걱정할 일이 하나도 없었어요. 우리 로타리에도 대학생을 중심으로 18세~30세 젊은이들이 활동하는 로타랙트클럽 회원들이 있어서 오랫동안 교류했지만 역시 믿음직한 친구들이었어요.

비록 경쟁사회에서 성장하다 보니까 스스로도 자신이 너무 이기적이지 않은가 고민하는 친구들도 있어요. 하지만, 그들이 대학에 들어가 스스로 봉사 동아리를 찾아서 문을 두드렸다는 얘기를 들었어요. MZ세대에게 교육이 필요한 게 아니라 기회만 만들어주면 그들도 충분히 해낼 수 있다고 봅니다.

▷ **코로나로 전 세계도 빈익빈 부익부의 국가간의 차이, 우리나라도 빈부의 차이가 더욱 극대화되었습니다. 봉사와 협력이 필요한 시점입니다. 총재님의 좋으신 말씀 부탁드립니다.**

아시다시피 코로나 방역물자뿐만 아니라 백신 문제가 그런 점을 더 극명하게 보여주고 있어요. 나라마다, 계층별로 어려움이 많습니다. 물론 국가 차원의 협력이 중요하지만, 역시 자국 우선 정책에 치중하고 있는 게 현실이죠.

그래서 여러 NGO들이 백신 불평등 문제를 해소하는 데 앞장서야 하는 것이죠. 우리 로타리는 이미 국내외 각국 지구와 지구가 협력해 방역용품과 백신 보급을 위해 노력하고 있습니다.

▷ **리치 독자 분들에게 한 말씀 부탁드립니다.**

얼마 전까지는 "노블레스 오블리주" 정신을 높이 평가했습니다. 사회지도층의 도덕적 책무, 즉 가진 자의 기부를 강조했었지요. 하지만 지금은 '부의 사회환원'이란 패러다임으로 변화하고 있습니다. 기업들의 화두도 ESG 경영이지 않습니까? 사회의 리더 분들, 또 성공하신 기업인 모두가 생활 속의 기부를 실천하신다면 우리 사회가 좀 더 살기 좋은 세상으로 다가가지 않을까 하는 말씀을 드립니다.

▷ **로타리에 대해 더 알렸으면 하는 부분이 있다면**
자세히 부탁드립니다.
로타리는 국제자선단체 평가기관에서 최고점을 받을 만큼 투명성, 효율성, 기부금의 순목적 사용비율이 최고로 높은 NGO입니다. 빌&멜린다 게이츠 재단이 기부처를 찾고 있을 때 바로 우리 로타리에 주목하고, 지금까지 약 23억 달러 이상의 소아마비 박멸기금을 국제로타리재단에 매칭 펀드로 출연하고 있습니다. 매칭 펀드란 로타리 회원들이 기부한 금액만큼 빌&멜린다 게이츠 재단이 또 기부하는 것이죠.
로타리란 국제적인 네트워크를 가진 봉사단체입니다. 각계에서 리더로 활동하는 분들께서 로타리클럽 문을 두드려주셔서 제2의 봉사인생을 발견하시면 좋겠습니다.

(월간 리치, 2021년 12월호 커버스토리 중에서)

"겨자씨만한 믿음만 있어도 산을 옮긴다"

▷ **국제로타리 3650지구(서울지구) 총재로 취임하신 소감은?**

94년 역사를 가진, 우리나라를 대표하는 지구의 총재를 맡게 돼서 개인적으로 영광스럽게 생각합니다.

더군다나 제가 30년 전 아버님의 권유로 입회했는데, 지금도 현역 회원으로 활동하고 계시는 아버님과 어머님을 모신 자리에서 취임식을 가져 감회가 남달랐습니다.

▷ **국제로타리가 하는 일은? 임기 중의 계획이나 포부는?**

가장 대표적인 봉사 업적을 소개하자면 "소아마비 박멸사업"이라고 할 수 있습니다. 전 세계 로타리가 힘을 합쳐서 지구상에 소아마비 환자가 한 명도 없도록 만들자는 인도주의 사업이 가장 대표적인 봉사활동입니다.

지난 36년간 총 32억 달러를 투입해, 현재 99.9%까지 정복한 것으로 발표되고 있습니다. 마지막 0.1%만 남아 있는 상태인 것이죠.

1985년 연간 35만 명 이상 발생하던 환자가 금년에는 아프가니스탄과 파키스탄 2개국에서 단 2명만 나온 상태입니다.

로타리에서는 "End Polio" 프로젝트라고 하는데, 제 임기 중에도 이 "엔드 폴리오" 프로젝트에 정성을 기울이려고 합니다. 우리나라 19개 지구에다가 인도, 파키스탄 로타리 지구들과 연합하는 대대적인 백신 사업을 전개할 예정입니다.

국내적으로는 특히 저는 청년세대들에게 더 많은 관심을 기울이려고 합니다. 현재 18세에서 30세까지의 청년들로 구성된 로타랙트클럽이 있는데, 이를 통해 젊은이들이 글로벌 리더로, 미래의 로타리 회원으로 성장할 수 있는 연결고리를 마련해주려고 합니다.

그동안 한국로타리가 배출한 장학생이 6만1,822명에 달합니다. 이 청년들도 미래를 짊어질 리더로 동기부여를 해줄 생각이구요.

그런 차원에서 12명의 청년들을 지구 임원으로 선발했어요. 20대 청년들이 지구 임원에 임명되는 것은 처음 있는 일입니다. 이 청년들의 새로운 생각과 에너지가 합쳐진다면, 앞으로 상상할 수 없는 좋은 성과들이 나타날 것으로 봅니다.

또, 제가 한국가톨릭 평신도협의회에서 청장년위원장으로 일하고 있는데, 청년 성서모임, 압구정1동–청담동–논현동 본당의 청년연합회들을 로타랙트랑 상호간 콜라보 형태로 묶어서 봉사조직으로 만들어볼 계획을 가지고 있습니다.

▷ 로타리에 입회하신 계기는?

앞서 잠깐 말씀드렸듯이, 정말 아무것도 모르고 서른세 살 즈음에 아버님 손에 이끌려 로타리클럽에 들어가게 되었어요. 94살이신 아버님이 지금까지도 현역 회원으로 활동하고 계신데, 아마 아들의 장래에 '로타리'가 상당히 중요한 길잡이가 될 것이란 걸 이미 알고 계셨던 것 같습니다.

로타리란 "교실 없는 인생 학교"라고 말할 수 있습니다. 로타리가 아니라면 알 수 없는 소중한 경험과 가치를 배우면서 제 인생의 폭과 깊이가 더 넓어지고 깊어졌다는 걸 느꼈기 때문이지요.

▷ 스페셜올림픽과의 인연은?

돌이켜보면 제가 청소년들하고 장애인들에게 관심이 많았던 거 같아요. 중학생 시절, 전신마비 장애가 있는 친구가 있었어요. 등하교 때 도와주거나, 서로 집에 가서 같이 놀기도 하면서 자연스럽게 장애에 대한 편견 같은 게 없었던 것 같아요.

그러다가 2002년 한일월드컵 이후에, 히딩크 감독이 시각장애 청소년 전용 풋살구장을 세우는 일을 돕게 되었고, 2016년에 서울스페셜올림픽 회장을 맡게 되었습니다.

스페셜올림픽 선수단을 이끌면서 발달장애 청소년들이 서서히 발전하는 모습, 자신의 목표를 성취하고 좋아하는 모습을 보면서 얼마나 뿌듯했는지 모릅니다.

사실, 그 아이들의 엄마아빠들은 "내가 먼저 세상을 떠나도 내 아이들이 잘살기를 바라는 마음 하나뿐"이죠. 저의 노력이 아이들 성장에 디딤돌이 되어준다는 사실은 더할 수 없는 보람입니다. 이런 면에서 로타리 봉사와 스페셜올림픽은 공통점이 있다고 하겠습니다.

▷ **봉사와 나눔이란?**

흔히 내가 쓰고 남은 것을 주는 게 나눔이고 봉사라고 생각하는 분이 있는데, 실제로는 그렇지 않아요. 내가 써야 할 것을 덜 쓰고 그것을 더 어려운 사람에게 나누어주는 게 봉사인 것이죠.

작년에 코로나로 인해 영세사업자, 골목장사 하는 분들 모두가 힘들어했잖아요? 사랑의 열매(사회복지공동모금회)가 모금액이 미달될까봐 걱정했는데, 그 결과는 어땠는가 하면, 놀랍게도 목표를 초과했습니다. 코로나가 유행하기 전보다 29%나 늘어났다는 것이지요. 2019년 6,541억 원이었던 것이 2020년엔 8,426억 원을 기록했어요. 무려 1,885억 원이 더 모아진 것이죠. 제가 이사로 참여하고 있는 바보의나눔재단도 코로나 시기에 개인과 기업의 기부가 늘어났구요.

바로 지금 내가 덜 쓰고 더 어려운 사람들을 돕는 것, 그것이 봉사 정신입니다. 더불어 함께 산다는 마음이 필요합니다.

▷ **가톨릭 경제인으로서의 소신, 신앙생활 등?**

"겨자씨만한 믿음만 있어도 산을 옮긴다"(마태 17,20)라는 성경 말씀이 있는데, 솔직히 저는 겨자씨 반의 반도 안되는 신앙인이라서 부끄럽습니다. 다만, 제 마음속에 '순명'의 마음가짐 하나만큼은 굳게 지키려고 합니다.

한때 저희 가정에 감당하기 힘든 아픔을 당한 적이 있었어요. 그때 본당 교우분들과 주위에서 저희를 위해 많은 기도를 해주셨는데, 그때 저는 '기도의 힘'을 직접 느꼈고, 마음까지 치유되는 은혜를 입은 적이 있었어요.

그후부터는 자신을 위한 기도보다는 남을 위한 기도가 훨씬 더 주님 마음에 드는, 온전한 믿음이란 걸 알게 되었지요. 부족함이 많은 신자이지만 주님 마음에 드는 사람이 되고자 늘 기도합니다.

(가톨릭평화방송 CPBC 뉴스 인터뷰 중에서)

로타리는
'인생 학교'

▷ **3650지구 총재에 취임하신 소감은?**

로타리가 생소한 분도 있으실 텐데, 우리나라에 19개 지구 가운데 3650지구란 서울(북부) 지역을 말하고, 우리나라 최초의 지구로서 94년 역사를 가진 지구이지요.

유서 깊은 지구의 61번째 총재로 취임하게 되어 영광스럽게 생각하고, 또 제가 전국 19개 지구 총재단 회장까지 맡게 되어 더 영광으로 생각합니다. 더구나 부모님과 장인장모님 모두 모신 자리에서 취임식을 가져서 가슴 뭉클한 감회를 느꼈습니다.

▷ **국제로타리에 대한 설명을 부탁드립니다. 그리고 3650지구가**
한국 로타리클럽의 시초라고 하던데….

1905년, 미국 시카고에서 청년 변호사 폴 해리스의 제안으로 4명이 모인 것이 로타리의 시작입니다. 로타리란 명칭도 회원들 사무실을 돌아가며 번갈아 모인다는 의미에서 유래한 것입니다.

116년 역사를 지닌 가장 오래된 세계적 네트워크의 민간봉사단체입니다. 현재 220여 개 국가와 자치령에서 120만 명의 회원이 있고, 우리나라는 19개 지구, 1,700개 클럽에 약 6만6천 명이 활동하고 있지요. 우리나라는 서울로타리클럽의 전신인 경성로타리클럽이 1927년 처음 창립됐는데, 광복 후 대도시를 중심으로 클럽이 늘어나면서 375지구라는 독립지구가 처음 발족했는데, 그것이 지금의 3650지구의 뿌리가 된 것이지요. 그래서 서울을 대표하는 3650지구가 한국 최초의 지구로서 전통을 이어가고 있는 것입니다.

▷ **어떤 계기로 로타리 활동을 하시게 되었나요?**

제 아버님이 올해 94세이신데 지금까지도 현역 로타리안으로 활동하고 계세요. 제가 30대 중반쯤이었을 때 아버님 권유로 1991년에 로타리에 입문하게 되었어요. 솔직히 그 당시에는 로타리에 대한 기본지식도 없이 회원이 되었던 거지요.

그런데 아버님께서는 장차 아들의 장래에 로타리가 좋은 길잡이가 될 것이란 확신이 있으셨던 거 같아요. 나중에 제가 로타리 연륜이 쌓이면서 '아, 로타리가 교실 없는 캠퍼스구나' 하는 사실을 깨달았어요. 말하자면, 내 인생이 로타리 이전과 이후로 나뉠 수가 있었던 것인데, 로타리가 아니었다면 경험할 수 없었던 봉사와 교류를 통해서 제 인생의 폭과 깊이가 더 넓어지고 깊어질 수 있었다고 생각합니다.

▷ **취임하면서 생각하신 발전계획이 궁금합니다.**

매년 신임 국제로타리 회장이 1년간의 테마를 발표합니다. 이번 회기에는 "봉사로 삶의 변화를"이란 테마예요. 회원들이 봉사함으로써 더 많은 사람들의 삶이 더 나아지도록 하자는 의미입니다. 도움을 받는 사람, 도움을 주는 사람 모두 삶의 변화를 이룰 수 있도록 봉사하자는 것이죠.

그런 차원에서 저는 대외적으로 더 큰 영향력을 발휘할 수 있는 연합봉사를 기획하고 있습니다. 하나의 봉사 프로젝트를 여러 클럽들, 여러 지구들이 협력해서 더 큰 봉사를 하려고 준비하고 있지요. 코로나 상황으로 변수가 있습니다만, 가능한 프로젝트부터 하나하나 실천해 가고 있습니다.

예를 들어, 현재 서울지역 독거노인 100분의 주거환경 개선사업을 진행중입니다. 코로나 때문에 최소한의 봉사 인원들이 참여하고 있지만 1년간 지속적으로 추진해서 총 100가구의 생활공간을 더 살기 좋은 집으로 만들어드릴 계획입니다.

로타리 내부적으로 관심을 기울이는 부분은, 차세대 로타리안들과의 소통과 연대를 높이려는 계획을 가지고 있습니다. 로타리에는 18세부터 30세까지 대학생을 중심으로 하는 '로타랙트클럽'이란 게 있어요. 우리 지구에는 18개 로타랙트클럽, 약 960명이 있는데, 이 젊은이들을 지구 임원진으로 발탁한다거나 로타리클럽과 합동봉사를 하는 등으로 연대를 강화하려고 힘쓰고 있습니다.

한 가지 덧붙인다면, 지난 36년간 로타리가 인류사회에 기여한 것은

'지구상에서 소아마비 바이러스를 완전 박멸' 하는 엔드 폴리오 프로젝트입니다. 전 세계에서 해마다 5, 60만 명의 환자가 발생했었는데, 로타리의 경구용 백신 사업으로 더이상 소아마비 환자가 생기지 않고 있지요. 금년도에는 파키스탄과 아프가니스탄에서 각 1명씩 2명의 환자가 발생했습니다. 아프리카 전역에서는 4년간 1명도 발생하지 않아 지난해 WHO에서 완전박멸을 선언했지요.

소아마비 박멸사업이 종료될 때까지 이를 계속 도와야 하겠고, 지금 우리를 고통스럽게 하고 있는 코로나19 방역에도 최대한 힘을 보태려고 합니다.

▷ 회사를 운영하면서도 로타리안으로 나눔 경영을 펼치고 계신 것으로 들었습니다. 어떤 활동을 하고 계신가요?

회사의 주요 행사에는 가능한 한 지역사회를 위한 봉사를 병행하려고 해요. 예를 들어, 파파존스 200호점 개장 축하행사 때에도 세이브더칠드런과 연계해 그 지역의 아동과 청소년 보호기관에 쌀 200포와 피자 2,000판을 기부하는 봉사를 했었지요.

잘 아시겠지만, 거스 히딩크 감독이 월드컵 이후 전국에 시각장애인용 풋살구장 12개를 지어 기부했습니다. 이때 피자 판매 수익금에다 개인적인 기부를 더해서 드림필드 구장 건립을 도와드린 적이 있습니다.

2016년부터는 서울스페셜올림픽 회장을 맡아 발달장애 청소년들의 스포츠 활동을 도와주고 있구요. 또, 제가 가톨릭 신자인데, 바보의나눔재단 일도 맡고 있습니다.

▷ 연세 동문들에게 해주고 싶은 말씀이 있다면?

로타리란 다양한 직업을 가진 분들이 모이고, 국제적인 네트워크를 가진 봉사단체입니다. 그래서 로타리란, 개인이 하기 힘든 봉사를 여러 명의 힘을 합쳐서 하는, 또는 여기에 국제적 협력까지 동원해 더 큰 봉사를 하는 단체입니다. 각계에서 리더로 활동하는 동문들께서 주위에 있는 로타리클럽 문을 두드려주셔서 봉사 인생이라는 제2의 인생을 발견하시길 권유합니다.

우리 지구만 하더라도 연세 동문들이 눈부신 활약을 하고 있습니다. 우선, 한국인 최초로 국제로타리 회장을 지낸 이동건 부방그룹 명예회장님이 계시고, 연세대 동문들로 구성된 무악로타리클럽이 활동하고 있습니다.

(연세동문회보 2021년 10월호 인터뷰 중에서)

'자랑스런 연세상경인상'을 수상하며

우선 분에 넘치는 "자랑스런 연세상경인상"을 받게 되어 동문 선후배 분들께 깊이 감사드립니다.

저보다 더 훌륭한 기업인들이 많은데도 불구하고 저에게 이런 수상의 기회를 주셔서 기쁘기 그지없고 한편으로는 부끄러운 마음이 듭니다. 저에게 이 상을 주신 것은 이제는 기업이 시대적, 사회적 책임감을 가지고 사회에도 눈을 돌려야 할 때라는 점을 가르쳐주신 것으로 알고 더 많은 사회공헌 봉사를 지속하도록 하겠습니다.

봉사란 우리가 여유가 있어서, 또 시간이 남아서 하는 게 아니라 현재 우리가 가지고 있는 것과 우리의 시간을 나누어 주는 것입니다.

저는 피자를 봉사에 비유해서 이런 말을 합니다. 피자는 처음부터 여러 조각으로 나뉘어 있습니다. 그래서 피자는 내가 다 먹고 난 다음 옆 사람에게 남은 것을 주는 게 아니라, 처음부터 함께 나누어 먹도록 되어 있다고 말입니다.

주위를 돌아보면 우리의 손길을 필요로 하는 많은 사람들이 있습니다. 봉사를 시작하면 자신과 그분들의 소중함을 느끼기 시작합니다.

제가 오랫동안 몸담고 있는 로타리의 쉐이커 메타 세계회장은 "봉사는 우리가 지구에서 차지하는 공간에 대한 임대료를 지불하는 것"이라고 말씀했습니다. 우리의 자그마한 나눔이 누군가의 삶을 바꿀 수 있습니다. 그리고 그 나눔으로 인해 우리 자신의 삶까지도 바뀌게 될지도 모릅니다. 그리고 이같은 나눔들이 지속될 때 이 세상을 우리가 꿈꾸는 세상으로 한 걸음 더 가까이 안내를 할지도 모릅니다. 연세상경인 선후배 여러분께서도 좀 더 살기 좋은 세상을 만드는 마법과 같은 봉사에 동참해보시면 어떨까요?

되돌아보면, 제가 모교를 졸업한 지 꼭 40년 만에 이 상을 받습니다. 저를 길러주고 오늘의 제가 있도록 해준 모교가 주는 상이라서 그 기쁨과 보람이 남다릅니다. 동문회에 부끄럽지 않도록 항상 자랑스런 연세상경인이라는 긍지를 가슴에 품고 열심히 살아가도록 하겠습니다. 감사합니다.

(연경포럼에서)

청년 아들에게 준
아버지의 선물

▷ 새로운 로타리 연도가 시작됨과 동시에 부자(父子) AKS 회원으로
가입하셨습니다. 두 분께서 함께 기부하시게 된 계기는?

제 아버님께서 올해 연세가 아흔넷이신데 지금도 남서울로타리 현역
멤버로 나가고 계시고, 아버님 권유로 입회한 저도 로타리 경력이 30
년이 되었습니다.

이번에 제가 3650지구 총재가 되면서 아버지와 아들이 같이 아치 클
럽프 소사이어티(AKS)에 가입하는 것도 의미가 있겠다 싶어서 이번에
는 제가 아버님께 인다우먼트 펀드에 대해 설명해드리고 권유해서 동
시에 가입하게 되었어요.

나중에 알고 보니, 같은 날 2대가 AKS 멤버가 된 것은 우리나라 로타
리 역사상 처음 있는 일이라고 하더군요. 그것도 영광스러운 일이지
만, 무엇보다도 명예의 전당에 부자(父子)가 동시에 헌액된다는 것은 부

모님 건강이 허락돼서 가능한 일이니까 우리 가족으로서는 행복한 일이고, 의미 있는 일이 아닌가 하는 생각을 합니다. 가능한 한 조금 더 규모를 키워 좋은 일에 쓰일 수 있도록 하려고 합니다.

▷ **두 분께서 처음 로타리클럽에 가입하게 된 동기와 그 과정은?**
아버님께서는 1974년 3월 19일 남서울에 입회한 이래 48년째 활동하고 계시지요. 사업을 통해 얻은 것을 사회에 환원한다는 마음으로 장학사업을 한다거나 여러 가지 봉사를 하던 중에 로타리를 알게 되셨어요.

무엇보다도 '로타리의 목적'과 '네가지 표준'이 감명 깊었다고 하세요. '내가 살아가는 동안 사회를 위해서 해야 할 중요한 역할 가운데 일부를 로타리클럽을 통해서 실현할 수 있겠구나' 하는 확신이 들어 가입하게 되었다고 하세요.

아무리 바쁘더라도 주회에는 꼭 참석하셨고, 회원들과 친목을 다지면서 해외 자매클럽이나 외국 로타리클럽들과 교류하면서 국제 친선관계도 넓히면서 많은 보람을 느낄 수 있었다고 하세요.

이렇게 로타리안으로서 프라이드와 보람을 느끼셨기 때문에 일찍부터 저희 두 형제들에게도 가입을 권유하셨죠. 그래서 제가 1992년 당시 교동로타리클럽 창립회원으로 입회하게 되었지요. 최근엔 제 동생이 아버님 클럽에 가입해서 세 부자(父子) 모두 로타리안이 되었습니다.

이제 우리나라도 2대, 3대 로타리 가족이 많아지고 있어요. 젊은이들이 꼭 로타리안이 돼서 차세대 리더로서 성장하고 사회에 기여하는 기회가 많아졌으면 합니다.

아버님께서 로타리 정신에 감동받아 반세기 가까운 세월을 로타리에 헌신하시고 계시는 것처럼, 로타리 정신은 대를 이을 가치가 충분한, 대대로 이어받아야 할 정신적 유산이라는 확신을 가지고 있습니다. 제 아이가 나이가 차면 저 역시 로타리를 제 후대로 계속 이어갈 생각입니다.

▷ **서병식 회장님의 뒤를 이어 서창우 총재님도 로타리 활동을 시작하셨습니다. 부자가 함께 로타리안으로 활동하면 좋은 점은 무엇이 있나요?**

예를 들어, 가정을 한 그루 나무에 비유한다면 저희 가족은 로타리라는 나무가 하나 더 있다고 할 수 있지요. 그러니까 꽃도, 열매도 두 배가 돼서 좋은 일이 많은 가정이라고 생각해요.

로타리라는 공통분모가 있기 때문에 로타리 일에 시간을 할애하는 것에 대한 이해가 높아서 그런 것도 아주 편하구요. 또, 이번처럼 좋은 일을 할 때는 같이 동참도 해주시구요.

▷ **이렇게 대(代)를 이을 수 있는 로타리의 매력이 무엇이라고 생각하시나요?**

'부모님 은혜'라는 노래처럼 자식을 낳아 기르신 부모님 은혜는 끝이 없는, 가없는 사랑이라고 하잖아요? 그런데 로타리 역시 한 사람의 인생에 폭과 깊이를 넓혀주는 인생 학교라고 생각해요. 로타리를 통해서 만날 수 있는 소중한 인연들, 봉사의 소중한 경험과 시간들이 한 사람의 인생을 성장시키는 것이죠.

로타리는 나 자신은 물론이고, 다른 사람들의 삶까지도 바꿀 수 있는 힘을 가지고 있다는 게 로타리의 매력이고, 마법 같은 힘인 것이죠.

그래서 취임식에서 제가 "이 앞에 앉아 계신 부모님이 제 육신과 영혼의 어머니이시라면, 제 인생의 아버지는 로타리다…"라고 인사말씀을 드렸었습니다. 만약에 아버님께서 저를 로타리로 이끌어주시지 않았다면, 단연코 제 인생의 폭과 깊이는 지금과 같지 않았을 게 확실합니다. 로타리가 아버님이 청년 아들에게 준 귀중한 선물이었다는 것을 20~30년 긴 세월이 지나고 보니 비로소 알게 되었던 것입니다.

로타리 회원 모두가 주위 친구나 후배, 자녀들에게 그 선물을 나눠주고 이어주는 일을 해주실 것을 부탁드립니다.

▷ **보통 가족 로타리안이라면 같은 지구나 클럽에서 활동하는 경우가 많으신데요. 두 분이 서로 다른 지구, 클럽에서 활동하는 특별한 이유가 있으신가요?**

아버님께서 가입하신 때가 1974년이고 제가 1991년인데, 그 당시는 서울이 365 단일지구였다가 1994년 7월 1일부터 한강 이남지역이 3640지구로 분구되었어요. 그래서 아버님께서 속한 클럽이 3640지구 소속으로 변경된 것이지요.

로타리안으로 활동하는 자체가 중요하지 어느 지구에서 활동하는지가 중요하다고 생각하지는 않습니다. 다만, 클럽 자체의 분위기는 아주 중요하지요. 자신에게 맞는 클럽에 입회해야 보람을 느끼면서 활동할 수가 있겠지요.

▷ **두 분께서 함께 활동하시면서 가장 기억에 남는 활동이 있다면?**
다른 지구에다 다른 클럽이라서 같이 활동한 기억은 없네요. 어렸을 때는 아버님 따라 남서울클럽 모임에 가끔 따라다녔지만 제가 성인이 된 다음에는 별다른 기억이 안 납니다. 아마 이번에 아버님과 함께 AKS 멤버로 가입한 것이 처음이 아닐까 싶습니다.

▷ **마지막으로 앞으로의 목표에 대해 한 말씀 부탁드립니다.**
로타리의 봉사를 세상에 좀 더 알리고 싶어요. 코로나19 문제로 로타리 활동도 많은 제약을 받고 있습니다만, 이럴 때일수록 우리가 더 큰 봉사로써 지역사회는 물론 인류를 위해 기여해야 합니다.
쉐이커 메타 RI회장님은 "Do More, Grow More"라고 했어요. 저는 취임 전부터 클럽과 클럽, 지구와 지구의 역량을 합쳐서 대규모 연합 봉사 프로젝트를 하려는 기획을 추진하고 있습니다. 그래서 세상에 우리들의 선한 영향력을 더욱더 확산시키는 데 일조하고 싶습니다.
개인적으로는, 이번에 아버님과 함께 만든 AKS 펀드를 더 키워서 좋은 일에 썼으면 합니다. 아버님과 같이 오래도록 봉사할 수 있도록 부모님께서 지금처럼 건강하시면 좋겠습니다.

(월간 로타리 코리아, 2021년 9월호 인터뷰 중에서)

아버님과 함께 동시에 부자(父子)
AKS(아치 크럼프 소사이어티) 기부자로서
《로타리 코리아》와 인터뷰하며.
이는 우리나라 로타리 역사상 처음
있는 일이다.

시카고 국제로타리 본부에서 열린 AKS 헌정식.
우리 부부 왼쪽은 배리 래신 차기 재단이사장,
오른쪽은 이안 라이즐리 재단이사장(2023. 4. 4)

헌정식이 열린 AKS 기념홀에서.

AKS 기념홀에 헌액되어 있는
부모님 명패 앞에서.

꿈은 우리를
더 높이 날게 한다

얼마 전 제32회 도쿄 패럴림픽이 폐막되었습니다. 전 세계 163개국 4천4백여 명의 선수들은 물론, 우리나라 86명의 선수 모두는 저마다의 장애에도 불구하고 놀라운 도전정신을 보여주었습니다.

저는 이 선수들에게서 공통점을 보았습니다. 메달 색깔은 중요치 않았습니다. 우승자부터 꼴찌에 이르기까지 단 한 사람도 빠짐없이 이들 모두는 "꿈"을 품고 있었습니다. 꿈을 향해 뛰었고, 꿈을 위하여 땀 흘렸고, 비로소 꿈을 이루었기에 눈물을 흘렸습니다.

저는 2007년 거스 히딩크 감독이 충주 성심맹아원에 히딩크 드림필드 1호 풋살구장을 짓는 일을 도우면서 시각장애인과 첫 인연을 맺었습니다. 그후 2015년 서울 덕성여대에 12호 풋살구장까지 지어 기부하였는데, 그러면서 저는 제 명함에 점자를 넣어 사용하고 있습니다.

지난봄, KBS 인간극장에서 서울맹학교 학생 김건호 군이 피아니스트의 꿈을 키워가는 이야기를 보았습니다. 또, 9살 때 전맹 장애를 입은 후 지금은 미국 월스트리트의 세계적 투자은행에서 재무분석가로 일하고 있는 신순규 씨가 쓴 에세이를 읽었습니다. 앞을 못 보고 영어도 서툰 소년이 중학생 때 미국으로 떠나 고교시절 학생회장에 두 차례나 뽑힐 만큼 열심히 활동해 하버드대학과 MIT 대학원까지 졸업한 이야기는 내 가슴에 뜨거운 불씨가 되어주었습니다.

이제 사회를 향해 첫발을 내딛는 졸업생 여러분, 여러분의 1년 후, 2년 후, 10년 후 모습은 무엇입니까? 그때 나는 어떤 모습일까, 생각해보셨는지요? 그렇다면 무엇을 하면 좋을까, 내가 잘할 수 있는 것은 무엇인가를 정하고 나의 미래를 꿈꾸십시오. 그리고 그 꿈에 다다를 때까지 뜨거운 열정으로 도전하시기를 권합니다. 패럴림픽 선수들처럼 인내하고 노력하여 꿈을 이루도록 노력해보십시오. 여러분 가슴속에 "꿈"이 있는 한 여러분은 행복한 삶의 주인공이 될 수 있습니다.

저도 제가 소속된 국제로타리를 통해 시각장애인 여러분과 좀더 가까워질 수 있는 기회를 자주 만들면서 여러분들을 응원하겠습니다. 고맙습니다.

(국립서울맹학교 총동문회지 격려사)

'더 큰 봉사로
더 큰 영향력을…'
'호모 볼런타스' 착한 자원봉사자들

빈부격차가 자꾸만 벌어지고 있다. 계층간 소득과 교육 수준의 격차도 점점 커지고 있다. 가난한 이들이 더 아프다. 대개 사고 위험이 높은 일을 하는 탓이다. 암 사망률이 고소득층에 비해 저소득층이 높은 이유는 뭘까. 치료비 부담 차이가 크겠지만 조기에 암을 진단할 수 있는 능력의 차이가 아니겠는가.

여기 호모 볼런타스(Homo Voluntas)가 있다. 가난한 이를 위해 땀 흘려 봉사하고 지갑을 꺼내 성금(誠金)을 내는 인간을 그렇게 부른다. 자원봉사자들은 대개 '자유의지'의 인간이다. 누가 시켜 땀을 흘리고 기부하지 않는다. 구약(舊約) 시대에 재를 머리에 뿌리듯 스스로 먼지를 덮어 쓴 자들이다.

자발적 참여주의(Voluntarism), 자원봉사주의(Volunteerism)로 똘똘 뭉친 자들이다. 굳이 신약(新約)의 의미로 풀이하자면 '선한 사마리아인(the

Good Samaritan)'이다.

기자는 우연한 기회에 사마리아인 3명을 만났다. 좀 거창한 표현인지 모르겠다. 이 표현에 민망해할 것 같다. 남을 돕는 데 능숙·익숙한 분들인데 기자가 만나 보니 '자중자애(自重自愛)'한 분들이었다. 스스로를 소중히 여기면서 자신을 사랑하는 이들이었다. 무엇보다 이들은 사랑하는 자만이 살아남는다는 애자생존(愛者生存)의 법칙을 몸소 체험한 자들이었다.

AKS 회원이 된 두 부자(父子)

국제로타리 3650지구(서울북부) 총재인 서창우(徐昌佑) 한국파파존스 회장은 본업이 봉사다. 기업 활동은 부업에 가깝다. 그의 이야기를 들어 보면 일주일에 절반 이상을 봉사활동에 쓴다. 그런데 기업도 요즘 잘나간다.

서 총재의 아버지 서병식(徐秉植·94) 남서울로타리클럽 전 회장 역시 경영인에 앞서 봉사인으로 살아왔다. 부자(父子)는 로타리재단에 각각 25만 달러 이상 기부한 AKS 회원. '아치 클럼프 소사이어티(AKS)'는 국제로타리 6대 회장인 아치 클럼프(Arch C. Klumph)의 이름을 딴 후원회로 미화 25만 달러 이상을 기부한 최상위 후원자들을 예우하는 멤버십을 말한다.

정회원이 되면 미국 일리노이주 에반스턴에 위치한 국제로타리 세계본부 17층 아치 클럼프 소사이어티 갤러리에 초상화가 헌액된다. 기념핀과 펜던트 등의 자잘한 특전이 주어지지만, 그저 명예일 뿐이다. 서 총재의 말이다.

"아버지는 올해 아흔넷의 연세에도 현역 멤버로 활동하십니다. 제가 어렸을 적부터 꾸준히 활동을 이어오셨는데, 저도 그 덕에 봉사를 시작하게 되었죠. AKS 기부도 부모님의 건강이 허락돼야 가능한 일입니다. 함께할 수 있어 더욱 행복해요."

두 사람은 사업을 통해 얻은 결실을 사회에 환원코자 '친구 따라 (강남 아닌) 로타리에 왔다'는 로타리 정신에 맞춰 살아왔다. "누군가의 삶에 조그마한 보탬이 될 수 있다는 것을 아버지를 통해 어렸을 때부터 배웠다"(서창우)고 한다. 서로의 버팀목이 되는 부자는 '정암(廷岩) 기증기금'을 설립했다. 정암은 서 전 회장의 아호, 서 총재의 말이다.

"로타리안(로타리클럽 회원)을 한 그루의 나무에 비유한다면 저희 가족은 나무가 여러 그루인 셈이죠. 그만큼 더 많이 맺히는 꽃과 열매를 이웃들과 함께 나누고 싶습니다."

그의 말이 선하게 느껴졌다.

'더 큰 봉사로 더 큰 영향력을 발휘하자'

우리나라에는 국제로타리 산하 19개 지구가 있다. 서울은 3640지구와 3650지구 2곳, 부산 3661지구, 인천 3690지구, 대구 3700지구, 광주 3710지구 등이다.

서울을 동서(東西)로 가르는 한강을 기준으로 강 위쪽이 3650지구, 아래쪽이 3640지구다. 회원 수는 3650지구(2273명)가 많은데, 신규 회원은 3640지구(1803명)가 많다.

서 총재는 코로나19로 대외활동이 어려워지자, '더 큰 봉사로 더 큰 영향력을 발휘하자(Do More, Grow More)'는 구호를 내걸었다. 그리고 연중 프로젝트 '로타리 하우스' 봉사를 진행해왔다.

"낡은 홀어르신의 집을 수리해주는 봉사가 '로타리 하우스' 사업입니다. 작년부터 102가구를 찾아가 곰팡이 핀 벽지, 장판을 새것으로 갈아주고, 낡은 싱크대를 교체해주었어요. 계단이나 화장실에 안전 손잡이를 설치하고, 묵은 쓰레기까지 깨끗하게 치워드렸죠."

'로타리 하우스' 봉사는 국제로타리 3650지구 산하 90여 개 클럽 대부분이 참여한 연합봉사 활동으로 진행됐다. 작년 7월부터 12월 말까지 52가구를 찾아가 집을 수리했고 올 들어 5월 25일까지 50가구를 추가로 고쳤다. 서 총재의 말이다.

"로타리 하우스 봉사에는 특별한 의미가 담겨 있습니다. 예전에 한 개의 클럽이 이 봉사를 했다면 일회성 봉사로 그치고 말았을 것입니다. 하지만 우리 지구내 전체 클럽이 참여해 '1000년의 행복'을 만드는 봉사가 되었습니다."

─'1000년의 행복' 봉사인가요.

"한나절 땀을 흘리면 홀어르신 한 분이 10년 동안은 편안하게 지내시지 않겠어요? 그 봉사를 100명에게 하니, 100명 곱하기 10년 해서 1000년이 되는 것이지요. 그래서 '1000년의 행복'인 겁니다."

그야말로 탁월한 계산이란 생각이 들었다. 코로나19로 봉사 기회를 잃었던 로타리안과 젊은 봉사자들을 포함, 연인원 700~800여 명이 '로타리 하우스' 봉사에 참여했다고 한다.

"'지금' 하는 게 봉사"

서창우 총재는 코오롱그룹 이웅렬 명예회장의 처남이다. 부인인 코오롱 비영리재단 꽃과어린왕자 서창희 이사장의 오빠다. 한국파파존스는 올 상반기에 직영점과 가맹점을 포함해 전국 230개 매장을 운영하고 있다. '대한민국 중소벤처기업 대상'을 2년 연속 수상했다고 한다.

"2003년 파파존스를 시작할 때부터 기회가 닿는 대로 피자를 만들어 주변 보육원, 홀어르신들을 위한 기관에 기부해왔어요. 회사가 적자가 나도 피자 트럭(일명 매직카)을 돌렸지요.

어느 기자가 그래요. 저더러 봉사할 수밖에 없는 팔자라고요. 왜냐면 피자사업이야말로 봉사 정신과 딱 맞는다는 겁니다. 가만히 생각해보니 그래요. 피자는 나올 때부터 여럿이 나눠 먹을 수 있게 롤러 칼로 자르잖아요. 혼자 다 먹지 않고 나눠 먹는 게 바로 봉사입니다. 봉사도 같이 해야 더 의미가 있지요."

많은 이가 노블레스 오블리주에 공감하면서도 막상 실천하기가 두렵거나 조심스럽다. 어떤 마음가짐이 필요할까.

"사실은 봉사를 지속적으로 해온 분들은 다 알고 있어요. '돈 벌면 나중에 많이 하겠다' '마음은 가는데 너무 바빠서…'라고 말하는 분들은 앞으로도 할 가능성이 희박합니다. 이렇게 말씀하는 분들은 실제 봉사를 거의 안해본 분들이고요. '나중에'는 절대 오지 않는 시간입니다. '지금' 하는 게 봉사입니다."

로타리 3650지구는 지난 4월과 5월 경북 울진과 강원 삼척 등지에서 산불이 '도깨비처럼' 번지자 급히 1600만 원의 의연금을 모았다. 올 초 1억 3000만 원 상당의 극빈자 안과질환 지원기금을 여의도성모병원에 전달한 일도 있다.

해외 봉사나 기부도 열심이다.

'소아마비 완전 박멸(End Polio)'을 위해 파키스탄, 터키, 스리랑카에 9만650달러를 지원했다. 또 파키스탄에만 4개 국제 프로젝트를 지원(지금까지 6만650달러)하고 있으며, 아이티 지진(1만 달러), 터키 산불(1만 달러), 최근에는 우크라이나 난민을 위해 국내 19개 지구 전체와 함께 14만5000달러를 모금했다. 서 총재의 말이다.

"우리가 하는 봉사와 기부는 행복을 만드는 씨앗입니다. 아울러 그 행복이 선순환 과정을 거쳐 다시 나에게 돌아와 나를 행복하게 만드는 결실이 됩니다.

묵묵히 땀을 흘려온 자원봉사자들은 이미 이 세상에 도움을 주고 사랑을 나누어왔다는 점에서 지금 행복한 인생을 살고 있거나, 또 장차 행복한 인생을 사실 분들이 아닌가 생각합니다."

"연민만으로는 해결할 수 없기에…"

상담학 박사인 이정수(李姃修) 연세다움상담코칭센터 원장은 '로타리하우스'의 야전사령관이다. 일일이 홀어르신 102가구를 찾아다니며 집수리를 총지휘했다. 평생 보지 못했던 낯선 세상과의 만남이었다.

"작년 7월 26일 첫 집수리하던 기억이 제일 많이 떠오릅니다. 그날은 너무 더워 땀이 비 오듯 했어요. 봉사자들과 함께 지하실 복도의 묵은 때를 벗겨내고 페인트칠을 다시 했지요.

새 집처럼 변하자 그 집 할머니가 너무 기뻐하는데, 저 역시 감동과 의지가 생겼어요."

이 원장은 현장에서 부딪힐 수밖에 없는 여러 일을 그때그때 해결하며 집수리의 다양한 노하우를 얻었다고 한다.

"낯선 동네, 특히 높은 언덕길에 무척이나 촘촘히 모여 있던 낡은 집과 녹슨 문, 오래된 담벼락과 만날 수 있었어요. 그 안에 사는 이웃들…. '여기서 평생을 벗어나지 못했다'는 분들과 눈빛을 교환했어요. 연민만으로는 해결할 수 없기에 실제로 이분들의 삶에 새로운 활력과 변화를 주고 싶었어요."

3650지구 지역사회봉사위원장인 그는 "집수리 봉사를 하며 제일 먼저 놀란 것은 화려한 건물들 뒤편의 초라한 집이었다"고 한다.

"마천루에 가려 볼 수 없었던 집들이 그제야 하나둘 보이는 겁니다. 어르신들이 겪는 질병과 가난도 목격할 수 있었어요. 너무 낡아 금방 부서질 듯한 집, 버리지 못하는 많은 물건이 사연 많은 인생 이야기를 들려주는 듯했어요.

죽은 아들의 옷과 물건을 버리지 못해 아들 방에 못 들어가게 막았던 어느 할머니가 생각나요. 그 방을 깨끗이 치웠더라면 할머니의 아픈 기억도 사라지지 않았을까, 하는…."

LED 등을 켰을 때 터지던 탄성

홀로 사는 어르신들의 가장 큰 문제 중 하나는 '저장 강박증'이었다. 도배와 장판 교체를 하기 위해선 우선 가재도구를 집 밖으로 내놔야 하는데, 쓰레기 더미가 많아 꼼짝달싹 못하는 경우가 많다. 어느 집은 쓰레기가 무려 2t가량이 나왔다고 한다.

"좁은 방문으로 끝없이 나오는 폐기물을 나르느라 우리 로타리안들이 무척 고생했지요. 구겨진 종이를 펴는 것과 같이 다양한 물건마다 아픈 사연과 고통이 보였죠.

어느 집은 다락같이 높게 되어 있는 구조의 화장실이 있었어요. 또 어떤 집은 다리가 닿지 않을 정도로 불규칙한 층의 낮은 부엌도 있더군요. 무척 불편하셨을 텐데, 안타까운 마음이 들었어요."

자원봉사자들(로타리안)은 "무언가 더 도와드릴 것이 없나" 하며 찾아서 봉사를 했다. 집수리 현장이 지하인 것을 알고선 제습기를 사온 이도 있었고 공기청정기나 컴퓨터를 기증한 이도 있었다.

"집수리를 완공하고 난 뒤 작은 '로타리 하우스' 현판을 부착할 때는 어르신들이 지역사회와 가까이 연결되었다는 생각에 보람을 느꼈죠. 아 참! 모든 공사를 마치고 LED로 교체된 등(燈)을 켰을 때 터져 나오던 탄성을 잊을 수 없어요."

그러나 홀어르신 102가구를 선정하면서 고민이 많았다고 한다. 7가지 조건[홀어르신, 기초수급자, 75세 이상, 자가 제외(단, 소득이 전혀 없는 경우는 예외), 장애등급 보유자와 질병·난치병자, 자녀와 단절된 분, 국가유공자]을 따져 다양한 검증을 거쳤다.

주민센터와 돌봄센터 담당 복지사, 생활지원사 등에게 의뢰해 추천받은 다음, 이정수 위원장이 직접 현장을 일일이 찾았다. 이 위원장은 "초기에 너무 젊은 대상자와 만났던 게 가장 좋지 않은 경험인데, 이후 철저하게 검증하는 계기가 됐다"고 했다.

이 일 이후 '로타리 하우스' 대상자 연령을 65세에서 75세로 올리고, 주로 80세 이상에서 선정했다고 한다.

비용은 한 집에 100만 원이 넘지 않도록 했지만, 자재비와 인건비가 올라 평균 120만~130만 원가량이 들었다.

도배와 장판 교체는 기본 사양이었고 싱크대 교체는 물론 환풍기·가스레인지·방충망·전등 교체, 방수공사, 노후 하수도 수리, 지붕공사 등에 추가 비용이 발생했다.

'로타리 하우스' 사업을 위해 국제로타리 3650지구에서 모금한 액수는 9658만 원(6월 10일 현재)이었다고 한다.

"0.7평 정도? 팔 하나도 펼 수 없어"

국제로타리 3650지구 산하 한성로타리클럽 회장을 지낸 김무일(金武一) 전 현대제철 부회장은 서울 서부역 인근 중림동 쪽방촌에서 보낸 몇 해 전 그해 여름과 가을, 겨울을 잊을 수 없다. 시인이기도 한 그는 자원봉사의 소중한 경험을 기자에게 전해왔다.

처음 '중림동 쪽방촌'에 들어섰을 때, 비좁은 골목길에 슬레이트 지붕이 다닥다닥 붙어 마치 미로(迷路)를 헤매는 듯한 느낌이 들었다고 한다. 골목에선 쿰쿰하고 역한 냄새가 진동했는데 악취가 코를 찌르는 순간 가벼운 현기증이 일었다고 한다.

"제가 참여하는 한성로타리클럽은 수도권 노인복지센터와 경기도 용인의 장애인 수용시설 '성가원(聖家園)' 등지를 찾아 매월 봉사활동을 하는데, 그해 여름 파월(派越) 고엽제 전우를 돕기 위해 생필품과 양식을 들고 중림동 쪽방촌을 찾았죠."

무더운 날씨 탓에 방문을 활짝 열어 안이 훤히 들여다보였다. 컴컴한 쪽방에 빛바랜 속내의만 걸친 채 누워 있는 이들이 숱했다. 열기를 식히려는 듯 불편해 보이는 몸으로 골목길 바닥에 물을 뿌리며 빗자루로 쓸어내는 이도 기억에 남아 있다.

"주월(駐越) 청룡부대 고엽제 전우의 쪽방에 들어서니 열기로 후끈 달아오르더군요. 땀이 비 오듯 흘러내렸어요.

학원가 고시방이 좁다는 표현을 할 때 두 팔을 벌리면 양쪽 벽에 손이 닿는다고 하던가요? 쪽방은 그에 훨씬 못 미치는 0.7평 정도? 팔 하나도 펼 수 없었어요."

방 천장에 머리가 닿아 똑바로 설 수도 없었고 공간이 워낙 비좁다 보니 잡다한 세간살이도 없었다. 철이 지난 옷가지, 구닥다리 텔레비전 한 대, 작은 봇짐이 전부였다.

"쪽방이란 표현 그대로 방을 쪼개고 또 쪼개어 한 명씩 기거합니다. 벼랑에 내몰린 이들이 월 21만 원 가량을 내고 살아가고 있었어요. 고령과 병고에 시달리는 이가 대부분이었죠."

"여러분에게 갱생(更生)의 새봄이 오길…"

쪽방촌은 도시 빈민의 마지막 보루다. 서울 용산구 동자동과 갈월동 뒷골목, 그리고 중림동 쪽방촌이 불우이웃 1번지다. 지금은 정비가 그런대로 이뤄졌으나, 불과 몇 년 전만 해도 영등포구 본동과 문래동, 중구 만리동, 용산구 후암동 일대에 사는 쪽방촌 거주자를 합치면 근 2500명이 넘었다고 한다.

김무일 전 부회장은 '그해 가을', 영등포 쪽방촌을 찾았다. 한 노인이 다가와 이렇게 말했다.

"조금 있으면 급식차가 올 테니 기다렸다가 밥 먹고 가. 저 귀퉁이에서 줄 서면 밥 줘."

밀짚모자를 쓰고 허리가 구부정한 70대 후반으로 보이는 강씨 할아버지였다. 영등포역 6번 출구로 나와 좌회전해 걷다 보면 '토마스의 집'이라는 노숙인 무료급식소가 있다. 낮 12시쯤 쪽방촌 주민들과 노숙인이 길게 줄을 늘어서기에 덩달아 섰다. 오늘 메뉴는 잡곡밥에 오이 초고추장 무침과 된장국, 멸치볶음과 김치.

'토마스의 집'에서 밥을 먹으며 이곳 주민들의 일상을 엿볼 수 있었다. 일종의 '고급 정보'도 얻었다.

'토마스의 집'에서 100m쯤 떨어진 '성요셉의원'에 가면 공짜 상비약을 주고, 화요일이면 무료 이발, 근처 광야교회, 신성교회, 사랑의교회 등지에서는 영등포역 고가다리 밑에 천막을 치고 쪽방촌 주민들과 노숙인들에게 간식과 음료수를 준다는 것이었다.

쪽방촌 주민 조모씨는 "광야교회는 밥을 더 달라고 해도 주질 않는데,

여기는 원하는 만큼 밥을 더 먹을 수 있어 좋다"고 했다. '토마스의 집'은 한 끼 500원. 구태여 식대를 받는 이유를 물으니, 이웃 광야교회에서 식사를 끝낸 노숙인들이 다시 '토마스의 집'으로 오는 이중 식사를 예방하기 위한 궁여지책이라고 했다.

그해 겨울 다시 찾은 영등포 쪽방촌

김무일 전 부회장은 '그해 겨울', 영등포 쪽방촌을 다시 찾았다가 들렀던 '성공회 푸드뱅크' 기억이 떠올랐다.

도시락을 기다리던 쪽방촌 주민 80여 명이 일사불란하게 두 줄로 늘어섰는데 한 줄은 빵줄, 다른 한 줄은 밥줄이었다. 이날 도시락은 닭볶음탕과 양파절임, 김치, 김. 하얀 스티로폼 용기에 가득 담긴 보리밥도 함께 주어졌다. 이날 푸드트럭은 평소보다 30분가량 늦은 오후 3시30분경에 도착했다. 그러나 각 50인분씩 준비된 도시락과 빵은 순식간에 동이 났다.

"에이 ××. 한발 늦었네!"

헐레벌떡 뛰어온 상이군인 차림의 중노인이 내뱉은 말이었다.

"좀 일찍 오지 그랬어."

푸른색 눈 화장을 짙게 한 50대 여성이 자기 몫의 반을 덜어주며 위로했다. 서로 안면이 있는 눈치였다. 이곳에도 낭만은 있어 보였다.

83세인 정씨 할머니는 매주 화요일과 금요일, 대림동에서 지하철을 타고 와 시간도 때울 겸 두어 시간을 기다린다고 했다. 할머니는 무료 도시락을 타면서 되레 역정을 냈다.

"젊어서 일을 안한 사람은 손바닥이 반들반들해. 일 안해도 여기저기서 먹을 것 퍼주니까 얻어먹기만 하는 거지! 이 동네 사람들은 물건 아까운 줄도 모르고 막 버려!"

하지만 코로나19 이후 사정이 나빠지고 있어 다들 걱정이 많았다. 게다가 러시아의 우크라이나 침공으로 '밥상 물가'가 직격탄을 맞았다. 김 전 부회장의 말이다.

"'가난은 나라님도 구제할 수 없다'고 했던가요? 제 좌우명이 '가난할지라도 즐겁게 살며, 부귀하다 해도 겸손과 예의를 잊지 말자'입니다. 그해 사계(四季)봉사를 하면서 귀중한 시간을 보낼 수 있었음에 감사드립니다. 빠른 갱생의 새봄이 다가오길 간절히 기원합니다."

한편, 지난 8월 3일 서울 영등포구, LH(한국토지주택공사) 등은 서울 영등포 본동의 쪽방촌 일대(9849.9㎡)의 토지수용 보상계획을 발표했다. 향후 행복주택과 아파트 등 1190가구 주택과 상업시설이 들어서게 된다. 영등포 쪽방촌에 살던 360여 명의 주민에게 임대주택을 우선 배정할 계획이란다. 내년에 착공, 2026년 입주 예정이다.

(월간 조선, 2022. 10월호, 글/김태완 기자)

유튜브 '로타리에서 만나요'를 촬영한 강화 보문사에서.

로타리에서 만나요

1판 1쇄 인쇄 2023년 6월 15일
1판 1쇄 발행 2023년 6월 22일

지은이 | 서창우
펴낸이 | 정태욱
펴낸곳 | 여백

디렉팅 | 김태윤
편집 | 이우리 김미선
디자인 | 윤삼현

등록 | 2019년 11월 25일(제2019-000265호)
주소 | 경기도 고양시 덕양구 삼원로 73
         한일윈스타지식산업센터 1231호 (우편번호 10550)
전화 | 031-966-5116
팩스 | 02-6442-2296
이메일 | iyeo100@daum.net